DROEMER

SEBASTIAN

FITZEK

Der erste letzte Tag

Kein Thriller

MIT ILLUSTRATIONEN VON

JÖRN STOLLMANN

DROEMER

Besuchen Sie uns im Internet:
www.droemer.de

Aus Verantwortung für die Umwelt hat sich die
Verlagsgruppe Droemer Knaur zu einer nachhaltigen Buchproduktion verpflichtet.
Der bewusste Umgang mit unseren Ressourcen, der Schutz unseres Klimas und
der Natur gehören zu unseren obersten Unternehmenszielen.
Gemeinsam mit unseren Partnern und Lieferanten setzen wir uns für eine
klimaneutrale Buchproduktion ein, die den Erwerb von Klimazertifikaten zur
Kompensation des CO_2-Ausstoßes einschließt.
Weitere Informationen finden Sie unter: www.klimaneutralerverlag.de

MIX
Papier aus verantwortungsvollen Quellen
FSC www.fsc.org
FSC® C083411

Originalausgabe April 2021
Droemer Verlag

Ein Imprint der Verlagsgruppe
Droemer Knaur GmbH & Co. KG, München

Ein Projekt der AVA International GmbH Autoren- und Verlagsagentur
www.ava-international.de
Redaktion: Regine Weisbrod
Covergestaltung: Carola Bambach nach einem Entwurf von
Jörn Stollmann – Raschke Entertainment GmbH
Coverabbildung: Illustration: Jörn Stollmann –
Raschke Entertainment GmbH
Satz: Adobe InDesign im Verlag
Druck und Bindung: CPI books GmbH, Leck
ISBN 978-3-426-28386-8

2 4 5 3

Für Linda

Aus Furcht, zu weit zu gehen,
gehen wir oft nicht weit genug.

Reinhard K. Sprenger

1. Kapitel

Nehmen wir einmal an, die Welt wird nicht gerade von einer Pandemie gebeutelt, und Sie sitzen in einem Flugzeug, zehn Reihen hinter der Tragfläche, obwohl Sie extra um einen Platz ganz vorne gebeten haben (weil dort die Luft besser ist und es weniger wackelt). Immerhin hat Ihnen die Dame vom Check-in mit dem »Der nächste Trottel, bitte«-Blick den Fensterwunsch erfüllt, nachdem sie eine halbe Ewigkeit auf der Computertastatur rumtippte und Sie schon befürchteten, die Frau würde Ihnen am Ende nicht die Bordkarten, sondern den Leasingvertrag für den Airbus aushändigen … Nehmen wir also einmal an, Sie säßen jetzt in Reihe 33A, die Knie in den Vordersitz gedrückt, den rechten Arm vor der Brust eingeknickt, als wollten Sie beim Tennis eine Rückhand schlagen. Denn die Lehne neben Ihnen ist von einem XXL-Unterarm belegt, an dem ein Hundertzwanzig-Kilo-Mann mit Halbglatze hängt. Ihr Handy ist bereits ausgeschaltet, und Sie sind vorschriftsmäßig angeschnallt, obwohl der Flieger seine Parkposition noch nicht einmal verlassen hat: Tja, ich denke, Sie hätten gewiss einen schönen Blick auf den Kerl mit der Warnweste, der gerade auf dem Rollfeld bei dichtem Schneefall den Inhalt eines aufgeplatzten Koffers aufs Förderband kippt.

Ich zumindest sah genau dieses, und so erklärt sich auch mein Ausruf (»Scheiße«), der mir einen misstrauischen Blick meines Sitznachbarn einbrachte. Der aufgeplatzte Koffer war eindeutig meiner, wie ich unschwer an dem ockergrünen Bärchenpulli erkennen konnte, der gerade im Magen des Flugzeugs verschwand.

Meine Mutter hatte mir den Pullover zu Weihnachten geschenkt. Nein, sie war nicht farbenblind, und noch weniger wollte sie mir mit besonders hässlichen Weihnachtsgeschenken vor Augen führen, dass sie bei meiner Geburt lieber gestorben wäre, als mich die folgenden zweiunddreißig Jahre ihren Sohn zu nennen. Nein, Mama liebte mich. Sehr sogar. Nur hatte sie einen schrecklichen Geschmack, zumindest, wenn es um Mode ging. Einmal hatte ich die Probe aufs Exempel gemacht und bei einem Familientreffen mein Sakko in die Hose gesteckt, und sie hatte mir lediglich mit den Worten »mein hübscher Livius« über den Kopf gestreichelt; ein Kompliment, das ich, wie Sie spätestens jetzt verstehen werden, seit meinem achten Lebensjahr nicht mehr allzu ernst nehme. Genauer gesagt seit dem Tag, an dem sie mir schwor, niemand in der Klasse würde über meinen Mittelscheitel lachen, und es wäre ganz normal, wenn bei Sandalen vorne die Socken wie tote Hundezungen heraushängen.

Dass der Bärchenpulli jetzt ohne seine schützende Samsonite-Hülle vermutlich auf Nimmerwiedersehen im Bauch des Flugzeugs verschwand, war mir also gar nicht mal so unrecht. Was ich vom Verlust meiner übrigen Habseligkeiten allerdings nicht behaupten konnte: meiner weißen Oberhemden, der kaum benutzten Joggingschuhe, eines Ladekabels, des neuen Stephen King (1056 Seiten, die bald das

Doppelte wiegen würden, wenn das Förderband noch länger im Schneeregen pausierte) und, last but not least, meines Fünfhundert-Euro-Anzugs. Den hatte ich mir nicht nur für meinen Termin bei dem Verlag gekauft, der mein erstes Buch unter Vertrag nehmen wollte, sondern auch für die »Wollen wir uns noch eine letzte Chance geben?«-Verabredung bei der Paarberatung mit meiner Frau Yvonne, die mich für einen Kollegen verlassen hatte. Doch wie es aussah, hatte der sich ausgerechnet kurz vor Weihnachten aus dem Staub gemacht, was vermutlich der Anlass ihres tränenerstickten Anrufs gewesen war, an dessen Ende wir verabredet hatten, es nach Weihnachten ein zweites Mal mit einer Eheberatung zu probieren. Unser erster Versuch hatte mit ihrem Auszug geendet.

Dass ich morgen bei unserem ersten Wiedersehen nach einem guten Vierteljahr ordentlich gekleidet sein würde, schien mir im Moment eher unwahrscheinlich. Meine Anzughose blähte sich gerade wie der Windschlauch einer Wetterstation. Mein innerer Kompass hingegen drehte von *»Das darf doch nicht wahr sein«* Richtung *»Verdammt, ich muss was tun«*.

Ich löste den Gurt und stemmte mich andeutungsweise aus dem Sitz. »Entschuldigung, dürfte ich mal bitte?«, fragte ich meinen Nebenmann, der gerade versuchte, sich in eine *BILD*-Zeitung zu wickeln. Vielleicht wollte er sie auch lesen, der Unterschied war nicht auszumachen.

»Hä?«

»Ich muss leider aufstehen.«

»Toiletten sind nicht.« Er schüttelte den Kopf und gab mir damit zweierlei zu verstehen: Erstens würde er sich vermutlich nie für meinen Volkshochschulkurs »Kreatives

Schreiben« anmelden, den ich in meiner Freizeit gab. Und zweitens kam er wie ich aus Berlin. Es mochte irgendwo Städte geben, in denen die Einwohner noch unhöflicher zu Fremden waren, aber bislang hatte das Hubble-Teleskop sie noch nicht entdeckt.

»Erst nachem Start«, ergänzte er, und sein koteletten-gerahmter Quadratkopf verschwand wieder hinter der Zeitungstapete.

»Nein, nein. Ich muss nicht aufs Klo«, wies ich ihn höflich auf das Missverständnis hin.

»Schön«, brummte er.

»Nein, ich meine, Sie verstehen nicht ... ähhm ...« Ich tippte von meiner Seite der Zeitungswand aus gegen eine Schlagzeile, die man selbst als Kurzsichtiger noch vom Weltall aus hätte entziffern können, und rief ein weiteres Highlight an Eloquenz meines Nachbarn hervor.

»Hä?«

»Es gibt Probleme mit meinem Koffer da unten.« Ich deutete auf die Szenerie auf dem Rollfeld, die sich zu meinem Entsetzen jäh verändert hatte. Kein Gepäckwagen mehr. Das Förderband fuhr zurück. Der Beladevorgang war abgeschlossen, der Westenmann auf dem Rückzug ins Warme.

»Wasislos?« Das Aushängeschild des Berliner Fremdenverkehrsamtes hatte sich tatsächlich dazu bequemt, meinem ungläubigen Blick durch das Fenster zu folgen. Leider verlagerte er dafür seinen Schwerpunkt eindeutig in meinen Strafraum.

»Was quatschen Sie denn da?«, fragte er, die Hälfte seines Körpers auf meinem geparkt. Sein Atem hüllte meinen Kopf in eine Atmosphäre aus Mett und Kaffee.

»Nicht mehr da«, stöhnte ich.

Der Mann wandte sich zu mir. Ich blieb starr, hielt die Luft an und presste die Lippen zusammen. Wir waren uns so nah, eine unbeabsichtigte Bewegung und ich würde ihn küssen.

»Hast du Hallus?«, fragte er mich, und ich hätte gerne geglaubt, dass damit das Eis zwischen uns gebrochen war, er aufstehen und mich vorbeilassen würde, doch ich hatte meine Zweifel. Und der Umstand, dass er wieder sein Zeitungszelt zwischen uns aufspannte, sprach auch nicht gerade dafür.

Da ich mit mitteleuropäischen Kommunikationsgepflogenheiten nicht weiterkam, borgte ich mir die Worte des Poliers, der mich während meines Studentenjobs auf dem Bau folgendermaßen subtil zur Eile gemahnt hatte: »Ich ramm dir gleich einen Schraubenzieher in den Arsch, wenn du nich sofort hinne machst.«

Der Beschimpfte sah mich genervt an, aber immerhin drehte er sich zu der älteren Dame neben ihm und gab ihr höflich zu verstehen, dass sie zuerst aufstehen müsse: »Schieb mal rüber!«, sagte er und gab ihr kaum Zeit, sich abzuschnallen und ihm auszuweichen.

Endlich befreit, lief ich den Gang Richtung Cockpit, verfolgt von misstrauischen Blicken, die meinen Oberkörper nach Sprengstoffgürteln absuchten.

In Reihe zwölf kam ich nicht mehr weiter und blieb vor dem Rücken einer gestressten Stewardess stehen, die mit jemandem sprach, der offenbar in die entgegengesetzte Richtung wollte. Zwischen »Damit kommen Sie …« und »… hier nicht weiter« tippte ich ihr auf die Schulter. Sie drehte sich kurz, um sich mit zerknitterter Miene ein Bild davon zu machen, welcher Abschaum von Passagier es wagte, sie zu stören, dann sagte sie »Augenblick« und riss den Kopf wieder nach vorne.

Oje, dachte ich leicht besorgt. Ich leide nun wirklich nicht unter Flugangst, aber irgendwie fühlte ich mich nun nicht mehr ganz so sicher. Immerhin war diese Flugbegleiterin im Ernstfall dafür zuständig, dass die qualmende Kabine in weniger als dreißig Sekunden geräumt sein musste, und dabei sah sie jetzt schon so gestresst aus, als würde sie geradezu auf einen außerplanmäßigen Druckabfall hoffen, weil sie selbst hin und wieder einen Schluck aus der Atemmaske vertragen könnte.

»Bitte, es ist dringend.« Natürlich war es ein Fehler zu glauben, mit höflicher Kommunikation etwas erreichen zu können. Wie zuvor bei meinem Sitznachbarn scheiterte ich auch bei der Stewardess grandios. Sie hob nur abwehrend die Hand, ohne sich zu mir umzudrehen. Kamen denn hier alle aus Berlin?

»Das müssen Sie aufgeben«, sagte sie zu der verdeckten Gestalt vor ihr.

»Unmöglich«, hörte ich eine junge Frauenstimme lautstark protestieren. »Da ist etwas sehr Wertvolles und Zerbrechliches drin.«

Die Stewardess zeigte sich wenig beeindruckt. »Keine Sorge«, sagte sie mit der Glaubwürdigkeit eines Hütchenspielers, »unser Frachtraum ist sicher, da ist Ihr Gepäck in guten Händen.«

Ah, ja.

Angesichts der Tatsache, dass ich gerade mit eigenen Augen gesehen hatte, wie sich mein Koffer aufs Förderband übergab, hielt ich diese Aussage für leicht korrekturbedürftig und versuchte mich mit einem energischen »Ähemm«

konstruktiv in die Unterhaltung einzubringen. »Ich hätte da auch ein Problem mit meinem Gepäck.«

Hmm. Ignoriert zu werden fühlte sich aufregender an. Aber immerhin drehte sich die Stewardess etwas zur Seite und öffnete das Fach über den Reihen zwölf bis sechzehn, wohl um zu beweisen, dass hier alles belegt war. Durch diese Positionsveränderung hatte ich erstmals freie Sicht auf ihre Gesprächspartnerin.

Ach so.

Ich brauchte nur einen Blick, und mir war alles klar.

Vor mir stand ein Klischee – eine »Tofu-Terroristin«, wie mein Freund Eddy sie nennen würde, wenn die junge Frau in seiner Neuköllner Eckkneipe aufkreuzen würde, was sie vermutlich nie tat, weil Eddy keine glutenfreie Sojamilch oder – Zitat Eddy – »anderen Ökomist« auf der Karte hatte. Vermutlich würde er sie gar nicht erst reinlassen oder sich zumindest den Ausweis zeigen lassen, denn ihr Alter war wegen ihrer puppenhaften, kreideblassen Haut nur schwer zu schätzen. Mindestens sechzehn, höchstens dreißig.

Die junge Frau hatte zwei Drittel ihrer dicken, braunen und ansonsten schulterlang herunterhängenden Locken mit einem Haargummi hochgebunden, und das mit einer professionellen Nachlässigkeit, die wohl spontane Natürlichkeit ausdrücken sollte. In Wahrheit hatte sie heute früh sicher stundenlang vor dem Spiegel gestanden, damit der strubbelige Büschelzopf, der wie eine aufgeplatzte Palme aussah, auch wirklich fast mittig vom Kopf abstand.

Das Gesicht war schmal, als besorgter Vater hätte ich es »eingefallen« genannt, und sie trug die obligatorischen Insignien einer Zugezogenen, die ihr ganzes Teenagerleben lang davon geträumt hat, mit Papas Kohle im Prenzlauer Berg einen auf hippes Mädel zu machen: In-ear-Kopfhörer in den durchlöcherten Ohrmuscheln, kajalumrandete Rußaugen, Schmollmund. Nur der obligatorische Nasenring und das Augenbrauenpiercing fehlten.

»Und was jetzt?«

Sie ragte mir nur bis zur Brust, was erstaunlich war, da auch ich nicht gerade mit Basketballergenen gesegnet bin, wobei mir das Schicksal meines Vaters (ein Meter sechsundsechzig, Tendenz fallend) zum Glück erspart geblieben war. Wenn ich geradestand, was selten geschah, kratzte ich die Eins-achtzig-Marke. Ich war also »normal gebaut«, wie meine Mutter sagen würde, ohne sich der sexuellen Implikation bewusst zu sein.

Ob die Palmen-Frisur vor mir auch »normal gebaut« war, ließ sich nicht ohne Weiteres sagen, schirmte sie doch den gesamten Oberkörper bis zur Hüfte mit einem gewaltigen Seesack ab.

Nun verstand ich, warum die Stewardess die junge Frau damit nicht durchlassen wollte. Es war ein Wunder, dass das Monstrum nicht bereits bei der Sicherheitskontrolle im Röntgengerät stecken geblieben war. Zugegeben: Mathematisch bin ich nicht sonderlich begabt, und mein räumliches Denken entspricht in etwa meinen Fähigkeiten, brennende Kernkraftwerke zu reparieren. Aber wenn dieser Sack die Abmessungen eines Handgepäckstücks hatte, dann mussten die Durchschnittshände mitteleuropäischer Fluggäste über Nacht auf Hulk-Niveau angewachsen sein. Ich fragte mich, wie sie es ohne Kran für das Gepäckstück überhaupt bis hierher geschafft hatte.

Na ja, die Pyramiden waren ja auch irgendwie gebaut worden.

»Sie sehen ja, hier ist kein Platz«, fauchte die Stewardess und schloss das Gepäckfach energisch. »Geben Sie mir Ihre Tasche, ich gebe sie für Sie auf.«

»Auf gar keinen Fall!« Die junge Frau stellte den Sack im Gang ab, den Blick auf Angriff programmiert.

Oje. Das kann jetzt heiter werden.

Ich kannte diese Sorte Frauen. Sie saßen in meinen VHS-Kursen mit einem Bio-Latte in beiden Händen (fair gehandelten selbstverständlich: *Zwei Cent der überteuerten Brühe spenden wir zur Erhaltung des Regenwalds, den wir für die Millionen an Pappbechern abgeholzt haben, die du nach zehn Schlucken wieder wegwirfst*), wollten mit mir über irgendeinen Text reden, den sie über Nacht unter dem Einfluss von einer Flasche Rotwein in die Tastatur gerotzt hatten, und schmissen spätestens in der dritten Woche das Handtuch, weil sie jede Kritik an ihren Aufsätzen als einen Eingriff in ihre künstlerische Hoheitssphäre betrachteten.

Nun gut, der eine oder andere könnte mir entgegnen, dass auch ich ein Klischee lebe – und er hätte recht damit.

Trara, Vorhang auf: Vor Ihnen, eingeklemmt im Gang eines Flugzeugs auf dem Rollfeld des Münchner Flughafens, steht Livius Reimer, Deutsch- und Geschichtslehrer. Der Mann, der so cool sein will wie seine versetzungsgefährdeten Oberstufenschüler. Halbstarke, die alles besitzen, was er als Lehrerkind in seiner Schulzeit nie haben durfte: Markenklamotten, Tätowierungen, Zigaretten und schlechte Noten.

Wie sie trägt er zerschlissene Leinenschuhe, allerdings stecken in seinen Chucks warme Einlegesohlen, weil er im Winter sonst das Gefühl hätte, barfuß auf einer Eisbahn zu laufen. Er kauft sich Jeans mit Löchern, aber nur welche, bei denen man die Haut nicht durchschimmern sieht, weil er so weit nun auch nicht gehen würde. Und er zupft sich einzelne Fransen seiner Kurzhaarfrisur mit Gel in die Stirn, weil er hofft, das würde ihm etwas Verwegenes geben.

Tja, das bin ich. Normal gebaut, normal gewichtig und normal spießig. Das Klischee des Vertrauenslehrers, der denkt, mit seinen Schülern ein Bier auf der Klassenfahrt zu trinken wäre eine vertrauensbildende Maßnahme.

Allerdings – und das ist der Grund, weshalb ich alles in allem ein ganz zufriedener Kerl bin – bin ich mir meiner Pseudospießigkeit bewusst. Offensichtlich ganz im Gegensatz zu der uneinsichtigen Passagierin vor mir.

»Bitte, da hinten ist doch noch ein Platz frei«, sie deutete Richtung Sitz Nummer 33A, »da können wir ihn anschnallen.«

»Der Sitz gehört mir«, wagte ich einzuwenden.

»Und wieso stehen Sie dann hier rum?«, schnauzte mich die Flugbegleiterin an.

Aha. Endlich eine gute Nachricht. Sie redete mit mir. Offensichtlich war ich doch nicht Bruce Willis in *Sixth Sense* und konnte nur mit Toten reden. »Ich stehe hier, weil der Inhalt meines Koffers verstreut in dem Laderaum Ihres Flugzeugs liegt und …«

»Da hören Sie es«, unterbrach mich die junge Frau. »Unter diesen Umständen werde ich ja wohl kaum meine Tasche aufgeben.« Ihre Augen strahlten dieses beneidenswerte Selbstbewusstsein aus, das einem nur viel Geld oder ein erschreckender Mangel an Lebenserfahrung verleiht. Ich tippte gewagt auf eine Kombination von beidem.

Ohne einen Blick in ihren Sack geworfen zu haben, war ich mir sicher, was ich darin finden würde, nämlich einen Querschnitt der jüngsten Apple-Produktpalette: iPhone, iPad, ein MacBook und, wenn es die geben würde, auch i-Tampons. Keine Ahnung, wie Steve Jobs, Gott hab ihn selig, die Quadratur des Kreises hinbekommen und selbst werbekritische Menschen dazu gebracht hatte, die Apple-Stores mit dem Petersdom zu verwechseln. *Kann man da eigentlich auch Kerzen anzünden?* In meinen Augen verhielt es sich mit dieser Apfel-Marke wie mit Berlin: Beides hatte offensichtliche Macken, doch entweder sprach man nicht darüber, oder sie wurden einfach zu Kult erklärt.

»Na gut, dann war's das eben«, sagte die junge Frau und griff wieder nach ihrem Sack, den sie kurz abgestellt hatte. Ich war geneigt, ihr zu helfen, damit ihr ein Bandscheibenvorfall erspart blieb.

»Was haben Sie vor?«, wollte die Stewardess von ihr wissen.

Mittlerweile konnten wir uns der Aufmerksamkeit der Passagiere sicher sein. Bis auf zwei schreiende Kinder und einem schnarchenden Geschäftsmann hatten sich alle zu uns gedreht.

»Ich will hier raus«, sagte die Passagierin.

Hm. Gar keine so schlechte Idee.

»Ich auch«, schloss ich mich an. Meines Wissens konnte man Gepäck nicht ohne seinen Besitzer mitfliegen lassen, sodass es aussortiert werden musste. Und vor dem Start würde die Suche nach meinen Socken und Boxershorts im Frachtraum sicher gründlicher ausfallen als nach der Landung, wenn klar war, dass ich keine Bombe in meinen Bärchenpulli gewickelt hatte.

Allerdings sollte sich mein Plan, mich an der Stewardess vorbeizudrängen, in der Umsetzung als schwierig erweisen. Sie winkte ihre Purserkollegen zur Unterstützung heran.

»Sie gehen hier nirgendwohin. Niemand geht hier irgendwohin«, rief sie empört, abwechselnd in meine Richtung und in die der jungen Frau, die sich unbekümmert von uns entfernte.

»Die Türen sind bereits geschlossen. Hören Sie? Da dürfen Sie nicht mehr raus!«

Ich weiß nicht, ob es zehn oder zwanzig Sekunden waren, die es danach noch dauerte, bis der Kapitän sie Lügen strafte. Jedenfalls verging nicht viel Zeit, bis es über unseren Köpfen knackte und Kapitän Schuhmann alle Passagiere dazu aufforderte, das Flugzeug umgehend wieder zu verlassen.

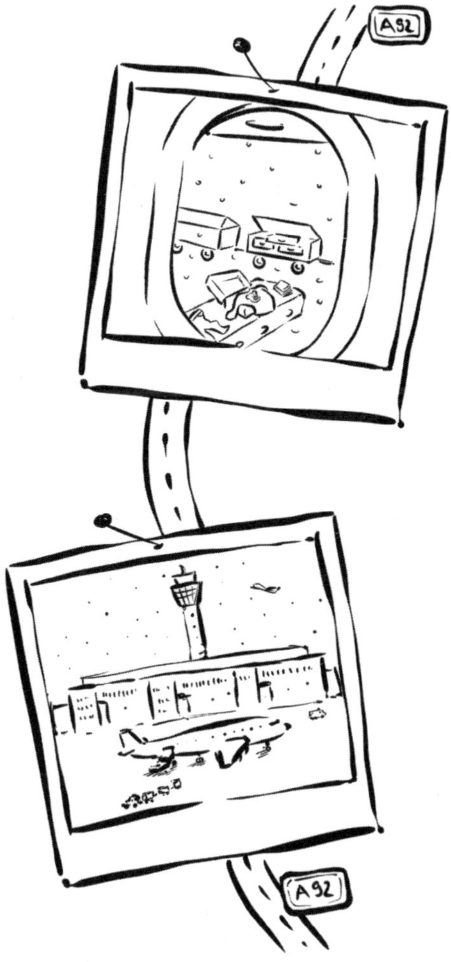
A92
A92

2. Kapitel

Im Terminal vor den Schaltern der Mietwagenverleiher sah es aus wie am Brandenburger Tor kurz nach dem Mauerfall. Menschenmassen drängten nach vorne, bewaffnet mit Taschen, Trolleys oder – so wie ich – mit Plastiktüten, in die ich den Inhalt meines Koffers hatte umtopfen müssen, nachdem er auf dem Gepäckband seine Runden gezogen hatte. Die Menschen benahmen sich, als gäbe es die fahrbaren Untersätze geschenkt – und das mit einem Stapel Begrüßungsgeld im Kofferraum.

Tatsächlich war das Gegenteil der Fall. Wenn man es geschafft hatte, sich unter Einsatz von Neuköllner Straßenkampfmethoden zu der gegelten Aushilfskraft am Counter zu boxen, erfuhr man hier, dass die Mietwagenpreise in den letzten Minuten so explodiert waren, als wäre Deutschland von der dramatischsten Inflation seit der Weimarer Republik heimgesucht worden. Eine logische Nebenwirkung des drohenden Schneesturms, aufgrund dessen sämtliche Flüge bis auf Weiteres gestrichen waren.

Einige Ahnungslose hatten den Fehler gemacht und kostbare Zeit mit einem Abstecher zu den Bahngleisen verplempert, in der Hoffnung, von hier aus weiterzukommen. Natürlich vergebens. Denn wir Menschen mögen es zwar fertiggebracht haben, eine Raumsonde auf dem Mars zu platzieren, doch danach war leider kein Geld mehr dafür übrig gewesen, eine brauchbare Oberleitung zu entwickeln, die nicht bei der ersten Schneeflocke ihren Dienst einstellte.

Während sich also die Ersten der geschätzt zwei Milliarden gestrandeten Passagiere gerade die Nachricht abholten, dass die Bahn ebenfalls streikte, stand ich clevererweise schon in Aftershave-Riechweite des Mannes, der mir hoffentlich gleich einen Wagen aushändigen würde. Ein Auto, mit dem ich es – wenn schon nicht pünktlich, dann wenigstens rechtzeitig – nach Berlin schaffen wollte. Mir blieben noch sechsundzwanzig Stunden bis zu dem Treffen mit Yvonne. Fünfzig Stunden bis zum Verlagsmeeting. Zeit war also nicht das Problem. Eher die Zahl, die mir der Mietwagenverkäufer gerade genannt hatte:

»*Eintausendzweihundert* Euro?«

Jetzt verstand ich, weshalb die Großmutter vor mir in Tränen ausgebrochen war. Sie hatte gedacht, der Krieg wäre wieder ausgebrochen. (Habe ich schon erwähnt, dass ich zu Übertreibungen neige?)

»Es ist ein 7er BMW mit Luxus-Vollausstattung, mein Herr.«

Für den Fall, dass der Mann keinen Spaß verstand, fragte ich sachlich: »Okay, wie viel kommen Sie mir entgegen, wenn ich das Auto kaufe?«

Er starrte mich an, als hätte ich Kot am Kinn.

»Hören Sie, ich muss dringend nach Berlin. Ich habe dort ein wichtiges Vorstellungsgespräch.«

Eigentlich war das erst am Mittwoch, also übermorgen. Aber die Sache mit der ersten Sitzung meiner zweiten Paartherapie mit Yvonne schien mir etwas zu kompliziert zu erklären, zumal der Schnösel mit der Bifokalbrille und den

Schmalzhaaren nicht gerade ein Radikal-Romantiker zu sein schien. Eher wirkte er karrieregeil, und daher versuchte ich es mit der »Ich brauche den Job«-Mitleids-Nummer.

»Ein Verlag will ein Buch von mir kaufen. Das ist meine Chance!«

Der Erfolg war durchschlagend.

»Zwölfhundert Euro«, sagte er. »Und jetzt entscheiden Sie sich bitte, es warten noch andere.«

»Ach was.« Ich drehte mich mit gespielt erstauntem Blick um und sah dem Palmenzopf mit dem Seesack in die Augen. Weiß der Geier, wie sie es direkt hinter mich geschafft hatte. Gerade hatte da noch ein langhaariger Yuppie im Nadelstreifenanzug gestanden, eingerahmt von einer lärmenden Großfamilie. Vermutlich hatte die junge Frau mit ihrem Hulk-Handgepäck alle Konkurrenten in die Flucht geschlagen.

»Wollen Sie den Wagen nun oder nicht?«, fragte mich der freundlichste Autovermieter des Monats.

Ich wog kurz meine Optionen ab und stellte fest, dass ich keine hatte, wenn ich nicht sowohl der Autorenkarriere wie auch meiner Ehe den Todesstoß versetzen wollte, also murmelte ich ein ärgerliches »Meinetwegen«.

»Schön, dann bräuchte ich bitte eine Kreditkarte und Ihren Führerschein.«

Der Führerschein. Verdammt.

Ich tastete nach meiner Brieftasche, zog die Kreditkarte heraus und hörte das schrille Lachen meiner Cousine Paula im Ohr, natürlich nur in meiner Erinnerung, aber das war ja das Schlimme. Hätte Paula jetzt neben mir gestanden, die Hände vor den schwangeren Bauch gepresst, und hätte so laut gekreischt, dass ich fürchtete, die Fruchtblase wäre schon im fünften Monat geplatzt, hätte ich ihr einfach den Führerschein aus den Händen nehmen können. Dessen lächerliches Foto hatte sie nämlich gestern so zum Ausrasten gebracht. So aber blieb mir nichts als die Erinnerung daran, dass sie mit dem alten Lappen in die Küche gerannt war, um meine – Zitat: »Treteimer-Visage« – allen Freunden meiner Eltern zu zeigen. Seitdem hatte ich ihn nicht mehr wiedergesehen, weswegen er sich jetzt natürlich auch nicht mehr in meinem Portemonnaie befand.

»Ähmm, kann ich ihn vielleicht nachreichen?«, fragte ich den Mann am Counter.

»Wie war das?« Er sah mich an, als hätte ich ihn gefragt, ob ich seinen Tresen als Toilette benutzen dürfte.

»Es ist so, ich fürchte, ich habe meinen Führerschein zu Hause liegen lassen …«

»Ach so, kein Problem«, lächelte der Mann. Seine plötzliche Freundlichkeit stimmte mich misstrauisch. Berechtigterweise, wie ich gleich lernen sollte, als er »Der Nächste, bitte!« sagte und mir mit einem Zucken der Augenbrauen zu verstehen gab, in welche Richtung ich zu verschwinden hatte.

Die Seesack-Ninja-Kämpferin boxte sich an mir vorbei und legte triumphierend ihren Führerschein auf den Tresen, womit ich ihr Alter zumindest auf achtzehn plus eingrenzen konnte.

»Sind Sie einundzwanzig?«, fragte der Mietwagenfuzzi misstrauisch.

»Wollen Sie mich in den USA auf einen Drink einladen?«, sagte sie, aber nicht so ironisch, wie ich es getan hätte, sondern mit einem koketten Augenaufschlag. Himmel, die flirtete mit dem Kerl.

Lächelnd legte sie eine Kreditkarte neben den Führerschein. Lea von Armin, konnte ich ablesen, bevor das Guttenberg-Double die Dokumente an sich zerrte.

Na klar. Eine »von und zu«. Reiches Mädel macht auf Berliner-Mitte-Girl. Hatte ich es mir doch gedacht.

»Sie haben Glück, das ist unser letzter Wagen im Fuhrpark«, säuselte der Mietwagenhändler hinter mir, dreitausend Prozent freundlicher, als er mit mir geredet hatte.

»Der letzte Wagen?«, rief ich aus. »Und was mach ich?«

Ich sah mich ängstlich um. Wenn die Meute hinter mir von dem Versorgungsengpass erfuhr, wollte ich nicht in Reichweite des Lynchmobs stehen.

»Tut mir leid«, sagte der Mann, ohne es zu meinen, was unschwer an seinem diabolischen Lächeln abzulesen war, das sich erst veränderte, als er sich wieder Frau von Armins annahm.

Ich wandte mich ab und kämpfte mich durch das Heer der Gestrandeten in die Ankunftshalle zurück.

Und jetzt? Ratlos ließ ich mich auf einer harten Metallbank nieder, die der Renner unter den Wellnessartikeln von Fakiren sein musste. Ich vermag nicht zu sagen, wie lange ich erschöpft auf die Spitze meiner Basketballschuhe gestarrt habe, unfähig, einen vernünftigen Plan zu fassen. Unfähig, überhaupt einen Plan zu fassen: kein Flugzeug, kein Mietwagen, keine Bahn. Und laut der Hotel-App meines Smartphones waren auch alle Zimmer der Umgebung ausgebucht.

Ich sah mich schon im Schlafsack inmitten einer Horde Gestrandeter auf dem Boden liegen, eine RTL-II-Kamera im Gesicht, Futter für die Sondersendung »Die dümmsten Weihnachtsreisenden der Welt«.

Rums! Der Seesack war auf dem Platz neben mir gelandet. Grinsend hatte sich Frau von und zu vor mir aufgebaut, um mir vor ihrem Abgang zum Parkplatz noch einmal ihren Triumph ins Gesicht zu lächeln. »Na, was ist, Beppo?«

Beppo?

Ich überlegte, welche Möglichkeiten es gab, diese Anrede als Kompliment zu betrachten, und scheiterte kläglich.

»Wie war das?«, fragte ich, nicht besonders höflich, also meiner beschissenen Lage durchaus angemessen.

»Lass uns gehen.«

Etwas verwirrt zog ich die Augenbrauen zusammen. »Wohin?«

»Zu unserem Mietwagen.«

»Unserem?«

Sie rollte genervt mit den Augen. »Wir sind hier nicht auf dem Standesamt, Beppo. Du musst nicht alles wiederholen, was ich sage.«

Ich fragte mich immer noch, wieso sie mich wie den Hund meines Nachbarn nannte, der in den Flur kackte, wenn es draußen regnete. Aber wichtig war etwas anderes: »Du willst mich mitnehmen?«

Vielleicht war *Beppo* ja doch ein Kompliment. Ein neues Szene-Wort, so wie *Porno, heiße Scheiße, schwindsüchtig* oder was meine Schüler sonst so sagten, wenn sie stoned waren und etwas geil fanden.

»Natürlich nehme ich dich mit«, sagte Lea.

Ihr Nachsatz brachte mein dümmliches Grinsen zum Bröckeln.

»Unter einer Bedingung.«

»Welche?«

»Du gehst noch mal zum Schalter und legst deine Kreditkarte vor. Ich hab dem Typen gesagt, dass du die Karre zahlen wirst.«

KREDITKARTE
LIVIUS REIMER
A 92

3. Kapitel

Und so begann die denkwürdigste Autofahrt meines Lebens wie meine Ehe: mit einer Erpressung. Wobei Yvonne noch vergleichsweise subtil vorgegangen war, als sie mir eines Abends im Bett eröffnete, dass sie sich der »Purity-Bewegung« angeschlossen habe. Nach kurzem Handygoogeln hatte ich sie darauf hingewiesen, dass diese aus den USA importierte Prüderie nur für Teenager-Mädchen gelte, die unberührt in die Ehe gehen wollten. Meinen daraus resultierenden Einwand, dass wir schon bei unserem dritten Date Praktiken vollzogen hätten, die eindeutig nicht dem Verhaltenskodex einer Jungfrau entsprachen, schlug sie mit der Bemerkung in den Wind: »Sei nicht so pedantisch. Du und deine ewigen Regeln. Ich kann doch auch Vegetarierin werden, wenn ich schon mal Fleisch gegessen habe, oder? Also kann ich genauso gut ab sofort mit dem Sex warten, bis wir verheiratet sind.«

Womit die Sache geklärt gewesen war und ich mir nur noch überlegen konnte, ob ich erst auf YouPorn vorbeisurfen oder gleich nach freien Terminen beim Standesamt forschen sollte.

Nun, dreieinhalb Jahre später, war ich (noch) verheiratet, hatte aber trotzdem keinen geregelten Geschlechtsverkehr mehr und musste neben einer Frau sitzen, die mich mit ihrem siegessicheren Grinsen an Yvonne erinnerte, kurz nachdem ich ihr den Antrag gemacht hatte.

»Hast du eine Heizdecke dabei?«, fragte sie mich, als ich den BMW im Parkhaus Richtung Ausfahrt steuerte. Natürlich hatte sie mich zum Chauffeur ernannt, einfach indem sie mir den Schlüssel an den Kopf geworfen und sich kommentarlos auf den Beifahrersitz fallen gelassen hatte.

»Das dauert selbst in so einem Luxusschlitten zehn Sekunden, bis die Heizung läuft«, sagte ich.

»Das meine ich nicht. Ich wollte wissen, ob du 'ne Heizdecke, lange Unterhosen und Haftcreme in deinem Reisegepäck hast.«

»Wie kommst du denn darauf?«

»Weil du eben geblinkt hast, Beppo.«

»Hä?«

»Nur Rentner blinken im Parkhaus. Und ich hab echt die Befürchtung, dass du der am jüngsten aussehende Rentner bist, den ich in meinem Leben getroffen habe. Denn das würde bedeuten, dass du mit Treppenliftgeschwindigkeit über die Autobahn krauchst und wir nicht vor Silvester den Funkturm sehen.«

»Livius.«

»Wer?«

»Livius. So heiße ich. Nicht Beppo.«

»Der Eifersüchtige.«

Für einen kurzen Moment dachte ich, sie würde auf die Affäre meiner Frau anspielen, dann begriff ich, dass sie die Bedeutung meines Vornamens meinte. Meine Magensäure hatte sich ganz umsonst auf meine Schleimhäute gestürzt.

»David hätte besser zu dir gepasst.«

»Wieso das denn?«

»Das bedeutet Liebling. Und du bist so ein Lieblings-Typ. Schwiegermutter-Liebling, Lehrer-Liebling, ›Mein schwuler bester Freund‹-Liebling und so.«

»Ich bin nicht schwul.«

Sie bedachte mich mit einem Blick, den ich von Polizisten kannte, die meinen Führerschein sehen wollten.

»Interessant, dass du das so betonst.«

»Ich betone gar nichts, ich stelle nur etwas fest.«

»Und wieso?«

»Wieso was?«

Sie zog die Brauen zusammen. »Wieso stellst du ausgerechnet das fest. Du hättest ja auch sagen können: ›Hallo, ich bin Livius, und ich bin nicht Linkshänder.‹ Oder: ›Ich bin kein Bluter.‹ Oder: ›Ich bin nicht katholisch.‹ Aber nein, du sagst: ›Ich bin nicht schwul.‹ Ich finde, das lässt tief blicken.«

Ich seufzte. »Oh, Mann, du würdest dich gut mit Yvonne verstehen.«

»Deine Frau?«

Ich nickte.

»Ist sie auch klug, intelligent, wunderschön und anbetungswürdig?«

»Ja, sie leidet auch unter Realitätsverzerrung.«

Lea kicherte. »Du bist lustig. Hätte ich gar nicht gedacht.«

»Sondern?«

»Ich dachte eher, du bist ein knochentrockener Furzer. Ein Beppo, der im Parkhaus blinkt.«

Mit diesen aufmunternden Worten verließen wir das Flughafenareal und steuerten die A92 an. Fünfhundertsechsundsechzig Kilometer lagen laut Navi vor uns. Ich fragte mich, wie ich es so lange mit meiner neuen Beifahrerin aushalten sollte, aber immerhin, hätte sie mich nicht mitgenommen, wäre ich jetzt zwar um zwölfhundert Euro reicher, aber ein Fall für die Hilfskräfte, die am Flughafen Feldbetten aufstellten und Bundeswehrdecken verteilten. Ein weiterer Pluspunkt: Lea schien Nichtraucherin zu sein, so gut, wie sie roch. Kein Rauch, der sich in Haaren oder Klamotten verfangen hatte, stattdessen ein angenehmer Mandelölduft, der entweder von ihrem Shampoo oder ihrer Hautcreme rührte und wesentlich dezenter war als sie selbst.

Zudem: Jetzt, wo ich ihr Profil aus nächster Nähe betrachten konnte, kam sie mir sehr müde und ausgelaugt vor. Mit etwas Glück, so dachte ich, würde sie schon bald für eine lange Weile friedlich neben mir schlummern, und ich hätte eine angenehm monotone und ereignislose Fahrt vor mir.

Überflüssig zu erwähnen, dass ich mich noch nie zuvor in meinem Leben so sehr geirrt hatte.

4. Kapitel

Während ich an der Einstellung der Außenspiegel herumfummelte und dahinterzusteigen versuchte, wie mir der Navi-Bildschirm alle Tankstellen und Rastplätze auf dem Weg anzeigte, begann Lea mit Small Talk.

»Lebst du in Berlin?«

Ich nickte stolz. »Ich zähle sogar zu der Minderheit, die hier geboren ist.« Kleiner Seitenhieb darauf, dass sie (trotz ihrer zugegeben einwandfrei hochdeutschen Ausdrucksweise) garantiert zu den einundfünfzig Prozent Zugezogenen zählte.

»Ich verstehe nicht, wie man es bei euch länger als ein Wochenende aushält, ohne depressiv zu werden.«

Okay. Also eine Touristin. Noch schlimmer.

»In Berlin gibt es alles außer Berge und Meer. Ich tippe, du bist ein Mädchen von der Alm.«

»Genau«, sagte sie, und für einen Moment freute ich mich über den Treffer, bis sie nachschob: »Ich komme aus Hamburg.«

Sie bestätigte mir, dass sie den Hafen und das Wasser vermisste und wie ich nur kurz über die Feiertage in Bayern gewesen sei. Sie, weil sie ein Kunstwerk von einer Restauratorin abgeholt hatte, das sie als verspätetes Weihnachtsgeschenk für einen guten Freund in Auftrag gegeben hatte. Ich, weil es meine Eltern vor Jahren nach München verschlagen hatte, wo Lehrer (im Gegensatz zu Berlin) verbeamtet wurden und, völlig verrückte Sache, nach dem Unterricht nicht selbst das Klassenzimmer putzen mussten.

»Wo findet denn das Vorstellungsgespräch statt?«, fragte Lea, als ich gerade in die Bremse trat, um einem auf unsere Spur ausscherenden Lkw-Fahrer Platz zu machen, dem entweder infolge eines Spontanschlaganfalls das Lenkrad verrutscht war oder den es einfach nicht interessierte, dass wir ansonsten in seinen Hänger gekachelt wären.

»Mein Vorstellungsgespräch?«, wiederholte ich verwundert, dann fiel mir ein, dass sie vermutlich die Unterhaltung zwischen mir und der Mietwagen-Schmalzlocke mitgehört hatte.

»Bei einem Verlag«, sagte ich, als der Gurt mich wieder atmen ließ. »Ich habe ein Buch geschrieben.«

»Ein Buch?«

»Ja. Das ist so ein Ding mit zwei Deckeln und vielen Seiten dazwischen. Ziemlich retro.«

»Und du hast es geschrieben?«

»Genauer gesagt bin ich gerade dabei, es zu vollenden. Ich hoffe, sie wollen es wirklich veröffentlichen.«

»Handelt es von blutverschmierten Axtmördern, die nackte Frauen häuten, um mit ihren Gedärmen Springseil zu hüpfen?«

Ich hatte einige Mühe, das Bild eines seilhüpfenden Psychopathen aus meinem Kopf zu verdrängen, daher dauerte es eine Weile, bis ich antwortete: »Nein, nicht so direkt.«

»Dann dürften deine Chancen, verlegt zu werden, relativ schlecht stehen.«

»Es gibt ja wohl noch andere Bestseller außer Krimis«, wagte ich einzuwenden.

Sie nickte. »Klar. Schreib was über geschändete Jungfrauen, die sich im Mittelalter am Königshof hochbumsen.«

Das Bild war schon besser als Hannibal Lecter beim Gedärm-Gummitwist, traf aber immer noch nicht meine Vorstellungen von dem, was ich zu Papier bringen wollte.

»Auch historische Romane sind nicht mein Metier. Ich arbeite eher an einem Sachbuch.«

Jetzt hatte ich Lea immerhin so weit, dass sie mich ansah. »Du wurdest schon einmal in einem Swingerclub vergewaltigt?«

»Wie bitte?«

»Oder beleidigst du in deinem Buch fundamentalistische Religionsgemeinschaften mit expliziten Kraftausdrücken, um den Rest deines Lebens unter Personenschutz zu stehen?«

»Nein, selbstverständlich nicht.«

»Hasst du Schwule?«

»Was ist das für eine absurde Frage?«

»Oder wenigstens Ausländer?«

»Hast du sie noch alle?«

»Du findest nicht, dass Hartz-IV-Empfänger eine Armbinde tragen sollten, damit man sie in der Öffentlichkeit leichter erkennt, wenn man mal einen kostenlosen Kofferträger braucht?«

»Okay, ich verstehe das Prinzip. Aber nein, ich will mit meinem Buch keinen Skandal provozieren.«

»Tja, dann sehe ich schwarz für deinen Erfolg.«

Sie stöpselte ihre Kopfhörer ein. Anscheinend war dieser Teil unserer Unterhaltung damit für sie beendet.

»Willst du denn gar nicht wissen, wovon es handelt?«, fragte ich trotzdem.

»Was?« Sie zog einen der Stöpsel wieder heraus.

»Mein Buch. Ist es dir egal, worum es geht?«

»Ich hab dich doch gefragt.«

Ich sah ein, dass wir so nicht weiterkamen, und beschloss, für meine weitere Unterhaltung auf einen Radiosender auszuweichen. Offenbar wirkte ich angemessen beleidigt, denn sie zog wohl aus Mitleid auch den zweiten Stöpsel aus dem Ohr.

»Kannst du die die Fahrt über bitte für mich aufbewahren?«, fragte sie und drückte mir die weißen, kabellosen In-ear-Kopfhörer in die Hand, ohne meine Zustimmung abzuwarten.

»Warum?«

»Ich verlier die kleinen Murmeln ständig, und wenn es dir passiert, dann hab ich wenigstens jemanden zum Anschnauzen. Die sind nämlich echt teuer.«

Aha. Danke für die Information, dachte ich und steckte sie mir in die Innentasche meiner Jacke.

»Also schön. Worum geht es denn nun in deinem Sachbuch?«, fragte Lea, als das erledigt war.

»Es handelt von einem schwulen Fußballnationalspieler, der sich in einen behinderten Skinhead verliebt und mit ihm ein schwarzes Kind aus dem Kongo adoptieren will.«

»Hört sich ganz gut an.«

»Das war ein Witz.«

»Weiß ich doch.« Sie schenkte mir ein Lächeln, und es passierte das, was regelmäßig passiert, wenn Frauen mich anlächeln: Ich bildete mir etwas darauf ein. Zum Beispiel, dass sie an einer Fortsetzung des Gesprächs interessiert wären.

Also sagte ich: »Ich schreibe ein Buch für meinen ungeborenen Sohn.«

»Dann solltest du nicht allzu große Hoffnungen darauf setzen, dass er allzu bald eine Rezension ins Netz stellen wird.«

Ha, ha.

»Ich halte alles fest, was mir momentan so durch den Kopf geht, was ich ihm mit auf den Weg seines Lebens geben will, also meine geballte Lebensweisheit, Ratschläge eben.«

Sie zuckte mit den Achseln. »Wieso sagst du ihm das nicht einfach? Wär das nicht einfacher?«

»Das würde ich gerne. Aber ich werde wohl kaum mehr die Gelegenheit dazu haben. Ich bin todkrank, Lea.« Ich blinzelte, als wäre mir etwas in die Augen geflogen. »Die Ärzte sagen, ich werde die Geburt nicht mehr erleben.«

Dann zählte ich rückwärts von zehn bis eins. Bei fünf hielt ich es nicht mehr aus. Als ich ihre erschrockene Miene sah, prustete ich los.

»Du Arschloch«, grinste sie.

Wir lachten gemeinsam.

»Im Ernst, ich weiß wirklich nicht, wie nahe ich meinem Sohn stehen werde. Seine Mutter will sich trennen.«

Vor mir kam ein Brummi-Fahrer auf die Idee, die Bremse seines Lkw einer Härteprüfung zu unterziehen, weswegen ich erneut in die Klötze steigen musste.

»Arschlochverhalten«, sagte Lea, was ich erst auf den Lkw-Fahrer bezog. Dann, als sie »Schlampe« hinzufügte, wurde mir klar, dass sie vielleicht eher Yvonne meinte.

»Hey, du kennst sie doch gar nicht.«

»Hast du sie geschlagen?«

»Nein.«

»Betrogen?«

»Nein.«

»Ausgeraubt?«

»Nein. Und ich bin auch nicht spielsüchtig oder verschuldet und habe auch nicht unter Halluzinationen das Haus ihrer Eltern angezündet.«

»Dann ist sie eine Schlampe. Welche Mutter entzieht ihrem Sohn den Vater noch vor seiner Geburt?«

Eine berechtigte Frage. Ich muss gestehen, dass mir ihre Art des Schwarz-Weiß-Denkens gefiel, zumindest, solange ich dabei auf der hellen Seite ihrer Betrachtungen stand. Der Großteil meines Freundes- und Bekanntenkreises war nämlich der Ansicht, dass *ich* derjenige war, der es vermasselt hatte. Tenor: »So eine Klassefrau wie Yvonne muss man sich verdienen, Livius. Sie wird schon ihre Gründe gehabt haben, den Penis deines Sportlehrer-Kollegen in den Mund zu nehmen.«

»Ich habe sie vernachlässigt«, zitierte ich die Quintessenz unseres Paarpsychologen, der während der Therapiesitzungen Yvonne ungewöhnlich lange darüber ins Kreuzverhör genommen hatte, wie genau Steffen Groß seinen (Achtung, Wortwitz) »Großen« in ihr versenkt hatte, während er eigentlich mit mir auf einer Abteilungsleiterkonferenz hätte sein sollen.

»Es geschah in einer Phase, in der ich die meiste Freizeit mit meiner Band verbracht habe«, erklärte ich Lea.

Neben Zeit hatte ich, und das war vermutlich der wahre Beziehungskiller gewesen, die Mehrheit unseres Ersparten in eine selbst produzierte CD gesteckt, die sich gar nicht mal so schlecht verkauft hatte. Zumindest, wenn man es an der Erwartungshaltung Yvonnes maß, die uns prophezeit hatte, nicht einmal ein Dutzend Stück davon unter die Leute zu bringen. (»Es sei denn, ihr haltet denen eine Knarre an den Kopf und legt Ohropax dazu.«)

Am Ende waren es über fünfzig Alben innerhalb von drei Jahren; Panflötenspieler in der Wilmersdorfer Straße sinken noch heute vor Neid vor mir auf die Knie. Vermutlich hat es auch nicht zur Verbesserung unserer Beziehung beigetragen, dass sich die restlichen 9950 CDs der Erstauflage von »Funkensteins Greatest Hits« monatelang in unserem Schlafzimmer stapelten. Auch Steffen Groß musste »große« Mühe gehabt haben, seinen Kolben wie eine hydraulische Dampframme in meine Ehefrau zu pumpen, ohne die CD-Türme zum Einstürzen zu bringen. (Ich weiß, ich neige dazu, mir diese Szene, die ich glücklicherweise nur vom Hörensagen kenne, bildhaft vorzustellen. Eine Angewohnheit, die nach Meinung einiger Psychologen darauf schließen lässt, dass ich die Angelegenheit wohl doch noch nicht abschließend verarbeitet habe.)

»Aber ich bin ganz zuversichtlich, dass wir wieder zusammenfinden.«

»Lass mich raten: Ihr Stecher hat Leine gezogen und sie sich bei dir ausgeheult?«

»Na ja, ganz so …«

Lea machte eine Handbewegung à la »Ach, mach dir doch nichts vor« und stellte dann schonungslos eine Frage, die mich in den letzten Wochen fast um den Verstand gebracht hatte: »Ist das Kind von dir?«

5. Kapitel

»Natürlich«, log ich.

In dieser Hinsicht machte ich mir ganz bewusst etwas vor. Die Alternative wäre gewesen, mich zu erschießen. Yvonne hatte mir ihre Affäre in dem Moment gestanden, in dem sie mir den positiven Schwangerschaftstest in die Hand drückte, frei nach dem Motto: »Schatz, ich habe eine gute und eine schlechte Nachricht für dich.«

Da war sie drei Wochen überfällig gewesen. Ihrer Aussage nach (und in diesem Punkt hat der Paartherapeut sehr gewissenhaft nachgebohrt) hatte Steffen immer ein Kondom benutzt, wobei *immer* das Wort war, was mich in diesem Zusammenhang am meisten umtrieb.

Ich erwartete, dass Lea versuchen würde, weitere Details über meine verkorkste Beziehung aus mir herauszuquetschen, aber erstaunlicherweise wollte sie nichts weiter davon hören, als ich von unserem Neustart bei der Eheberatung erzählte.

»Du hast eine Band?«, wollte sie stattdessen wissen

»Nicht mehr.«

»Wieso nicht?«

»Gegenfrage: Welchen internationalen Popstar kennst du, dessen Karriere mit zweiunddreißig begonnen hat, und zwar unmittelbar nach einem Auftritt in der *Eierschale Steglitz* vor fünfundzwanzig Zuschauern, Barkeeper und Kellner eingerechnet?«

»Zweiunddreißig? So alt bist du?« Sie zog erstaunt die Augenbrauen zusammen.

»Ich weiß, ich seh jünger aus.«

»Nee. Du benimmst dich nur kindischer.«

»Kindisch? Inwiefern das denn?«

Lea deutete in den Fußraum. »Du trägst Chucks.«

»Was ist gegen meine Schuhe einzuwenden?«

»Nur bekloppte Schulnerds, die auf dem Pausenhof einen auf cool machen wollen, tragen im Winter Leinenmauken mit Gummisohle. Das ist viel zu kalt.«

Na toll. Jetzt saß die Reinkarnation meiner Mutter neben mir, obwohl Mama noch nicht mal tot war.

»Welches Instrument?«

»Schlagzeug.«

»Hmm«, sagte sie abschätzig.

»Was?«

»Gitarristen wissen, wie man auf einem Frauenkörper spielt. Drummer hingegen sind eher was für SM-Freaks, schätze ich. Nicht so mein Ding.«

»Dann hätte sich das mit unserem Quickie auf dem Raststättenklo wohl erledigt«, sagte ich.

Glücklicherweise verstand sie meinen Humor und grinste. Man konnte ja nicht vorsichtig genug sein, mit wem man herumwitzelte. Ein falscher Scherz zur falschen Zeit und man hatte eine Ladung Tränengas im Gesicht und semmelte mit hundertachtzig Sachen blind gegen die Leitplanke.

»Nenn mir mal einen.«

»Einen was?«

»Einen Tipp für deinen Sohn. Was willst du ihm sagen, so von Vater zu Fötus?«

»Na ja, es ist vermutlich im Einzelnen nichts Besonderes. Es ist eher die Summe der Ratschläge, die ein Gesamtbild ergibt.«

»Mööp. Langweilig. Willst du *so* etwa dein Buch dem Verlag vorstellen? Dann hab ich einen guten Titel für dich: ›Hoffnungslos‹.«

»Also gut. Kapitel drei handelt zum Beispiel davon, die Stufen nicht von unten zu putzen.«

»Moment mal. Ich dachte, wir reden über ein Sachbuch – und jetzt wird das so ein Haushaltsratgeber?«

»Das ist bildhaft gemeint. Viele Menschen verlieren sich in ihrem Leben in Detailarbeit. Mein Vater zum Beispiel. Er schreibt seit über zwanzig Jahren an ein und demselben Roman. Jedes Jahr überarbeitet er ihn aufs Neue, weil er bei jedem Durchgang etwas findet, was man noch besser machen kann.«

»Er wischt die Stufen von unten.«

»Ja. Unnötige Arbeit, die keiner jemals mitbekommen wird, wenn er nicht irgendwann den Deckel draufschraubt. Ich will meinem Sohn zeigen, dass es wichtiger ist, etwas zu beginnen – auch auf die Gefahr hin, dass es schiefgeht –, als die wenige Zeit, die ihm bleibt, mit Plänen zu verplempern. Das Leben ist nun mal unperfekt, es klappert.«

»Verstehe. Ja, guter Punkt. Gefällt mir.«

»Du stimmst mir zu?«

»Glaubst du, ich widerspreche nur aus Prinzip?«

Ich musste lächeln. Ihr verstecktes Lob erzeugte, ohne dass ich etwas dagegen tun konnte, den Anflug einer Hochstimmung. Es war lange her, dass ich ernsthaft das Gefühl gehabt hatte, von jemandem verstanden zu werden. Die meisten meiner Schüler zum Beispiel hatten offenbar einen Pfeifton im Kopf, wenn ich ihnen etwas erklärte.

»Willst du noch mehr hören?«

Leas Zustimmung verleitete mich zu dem Fehler, weitere Thesen meines Vermächtnisses auszuführen: »Ich weiß, manches ist etwas abgegriffen, wie die Erkenntnis, dass man nichts beobachten kann, ohne es zu verändern. Dass man das, was man tut, ernst nehmen soll, aber sich selbst nicht so wichtig. Oder das Kapitel über Glück im Leben und wie man es erreicht, wenn man den Moment lebt.«

»Letzteres ist nicht nur abgegriffen, sondern falsch«, erwiderte sie.

»Wie bitte? Im Hier und Jetzt zu leben ist falsch?« Meine Stimme kiekste wie die von Eddie Murphy in seinen besseren Tagen.

»Falsch wie blaue Gummibärchen.«

»Dann ist es also besser, es wie mein Onkel Eduard zu machen, der …«

»Hör mir auf mit Onkel Eduard.«

»Du kennst ihn?«, fragte ich und war für einen Moment ehrlich perplex.

»Quatsch. Aber ich kenn die Leier, mit der du mir jetzt kommen willst. Onkel Eduard ist zeit seines Lebens nur Bus, nie Taxi gefahren, hat jede Überstunde an der Stanzwalze in der Fabrik seinem Rentenkonto gutgeschrieben, und als der kleine Ferienbungalow auf Mallorca endlich abbezahlt war, hat er die Steuerabzüge auf dem Lebensversicherungsbescheid gesehen, und – peng!«, sie klatschte in die Hände, »hat es ihm einen Tag vor seiner ersten Kreuzfahrt die Sicherungen rausgeschossen. Jetzt hängt ihm ein Schlauch aus der Nase, einer steckt im künstlichen Darmausgang, aber sein Gehirn hat immer noch genügend Betriebstemperatur, um die Bilder von all den schönen Dingen zu halluzinieren, die er das ganze liebe Leben lang auf später verschoben hat.«

Es war ein Häuschen im Schwarzwald, und meines Wissens entleerte sich Eduards Darm in eine Erwachsenenwindel, aber diese Feinheiten hielt ich im Augenblick für nebensächlich.

»Nehmen wir mal an, es wäre so. Und trotzdem soll ich meinem Sohn ernsthaft raten, immer an morgen zu denken und dabei die Gegenwart aus den Augen zu verlieren?«

»Ja.«

»Das verstehe ich nicht.«

»Weil du diese Onkel-Eduard-Geschichte aus dem falschen Blickwinkel betrachtest.«

»Aus welchem Winkel sehe ich ihn denn nicht auf der Intensivstation liegen?«

»Aus seinem.«

Ich musste ihr nicht sagen, dass ich ihr nicht folgen konnte. Mein Gesichtsausdruck tat das von alleine.

»Es ist doch ganz einfach, Livius. Die schönste Freude, die wir Menschen kennen, ist die Vorfreude. Als Kinder warten wir auf den Weihnachtsmann, als Jugendliche auf den ersten Sex, als Erwachsene träumen wir von einem guten Job, fernen Reisen, der großen Liebe.«

»Und diese Träume sind mehr wert als ihre Verwirklichung?«

»Manchmal schon. Der Weihnachtsmann entpuppt sich als der dicke Nachbar von gegenüber. Der erste Sex ist wie ein Zahnarztbesuch: Man ist froh, dass man ihn hinter sich gebracht hat, und den nächsten Termin verschiebt man erst mal auf unbestimmte Zeit. Und was die große Liebe anbelangt, na ja. Das brauch ich dir ja wohl nicht zu erzählen.«

»Jetzt denkst du zu kurz«, fand ich.

»Und wieso?«

»Weil du das Prinzip Zeit nicht verstanden hast.« Ich gebe zu, diesen Satz hatte ich schon oft angebracht, am liebsten auf Partys, zu denen ich allerdings seit der Trennung von Yvonne immer seltener eingeladen wurde. Er klang intellektuell, geradezu weise, und ich genoss die Verständnislosigkeit, die ich mit ihm auslöste. Einen ähnlichen Effekt erzielte man sonst nur mit Filmzitaten aus *Wall Street* wie *»Zu viel billiges Geld schwappt über die Märkte, Buddy«* – aber das passte gerade nicht zum Thema.

»Was habe ich nicht verstanden?«, fragte Lea.

»Dass noch nie etwas im Leben in der Vergangenheit geschehen ist. Und es wird auch nie etwas in der Zukunft passieren. Alles, was du erlebst …«, tada, Trommelwirbel bitte hier einfügen, »… geschieht: jetzt!«

Lea starrte mich an, als hätte ich sie gerade gefragt, ob sie mal kurz das Lenkrad halten könne, weil es mal wieder an der Zeit wäre, meinen Anus mit Hämorrhoiden-Creme einzureiben.

Ich versuchte es daher mit einer anschaulichen Erklärung: »Nehmen wir an, du blätterst in einem Fotoalbum. Du stößt auf das Abschlussfoto von der Zeugnisübergabe. Wenn du dich in diesem Moment an das bestandene Abi erinnerst, spürst du diese Mischung aus Wehmut und Erleichterung, nicht mehr zur Schule gehen zu müssen, jetzt, in diesem Augenblick, also in der Gegenwart.«

Leas Miene änderte sich von *»Was will der Spinner?«* zu *»Sag ich doch!«*.

Vermutlich war das der Grund für ihren Ausruf: »Sag ich doch.«

Jetzt war es an mir, verwirrt zu blinzeln.

»Menschen, die sich erinnern, leben nicht in der Vergangenheit«, klärte sie mich auf. »Menschen, die vorausdenken, nicht in der Zukunft. Und dein Onkel Eduard war zeit seines Lebens vielleicht glücklicher als jemand, der von einem Erlebnis zum anderen hetzt und am Ende nur noch abgestumpft ist. So wie all die Vollspacken, die nicht mal mehr müde lächeln, wenn vor ihren Augen ein Mann mit zwanzig Kettensägen und einer Katze jongliert, weil sie meinen, alles schon mal gesehen zu haben.«

Ich ließ die Worte sacken und hypnotisierte dabei die Rücklichter des Wagens vor mir. Irgendwie konnte ich keinen Fehler finden, und da auch ich nicht nur aus Prinzip widersprechen wollte, fragte ich: »Du meinst, die Wahrheit liegt in der Mitte. Man soll den Moment leben, aber dabei die Fantasie nicht verlieren?«

Lea nickte. »Fantasie, ja. Das ist es, worauf es ankommt. Schätze, dein ›Lebe den Moment‹-Kapitel solltest du dahingehend noch einmal überarbeiten, sonst wird dein Sohn ein beschissener Realist.«

Ich kam nicht mehr dazu zu fragen, was denn um Himmels willen daran wieder so schlecht wäre. Das ohrenbetäubende Klingeln, das mir auf einmal die Trommelfelle zu zerreißen drohte, machte die weitere Kommunikation unmöglich.

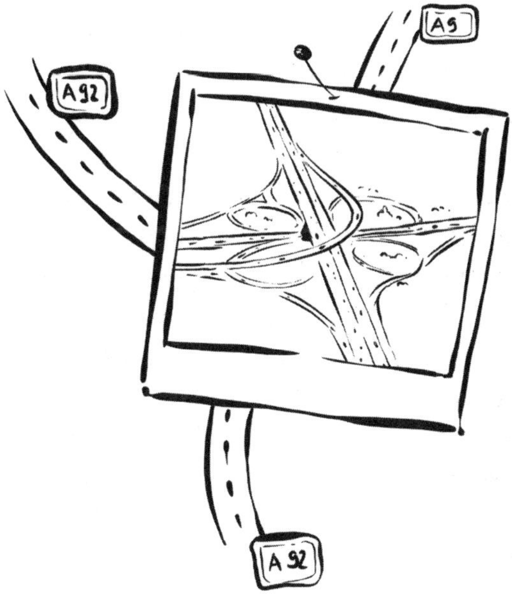
A9
A92
A92

6. Kapitel

Offenbar hatte sich Leas Handy automatisch in die Freisprecheinrichtung des fahrbaren Hightech-Untersatzes eingeklinkt. Die Unterhaltung, deren unfreiwilliger Ohrenzeuge ich deshalb wurde, während die Autobahn uns über eine Brücke führte, begann mit der Frage einer rauen Frauenstimme, deren Besitzerin ich auf Mitte dreißig schätzte. Vielleicht jünger, wenn sie seit ihrem zehnten Lebensjahr Kette rauchte.

»Wo bleibst du?«

»Ich hänge noch bei der Fußpflege, Schwesterherz.«

»Lass die Witze. Papa ist schon auf dem Weg in die Klinik.«

»Tja, Pech, Tara. Google mal den Wetterbericht für München.«

»Sag bloß, dein Flug ist gestrichen.«

»Bloß dein Flug ist gestrichen«, wiederholte Lea.

Ihre Schwester stöhnte vorwurfsvoll. »Hab ich dir nicht gesagt, du sollst einen Tag früher kommen? Jetzt haben wir den Salat. Mann, Lea. Vater bleibt nicht mehr viel Zeit …«

»Ich weiß. Das hat Krebs so an sich.«

Ihre Schwester klang ähnlich bestürzt, wie ich wohl aussehen musste, als ich Lea kurz anblickte. »Mama würde sich im Grab umdrehen, wenn sie das wüsste. Wie kannst du nur so sein?«

»Du kennst mich.«

»Ja. Und manchmal bedauere ich das.«

Jetzt seufzte Lea. »Man kann sich seine kleine Schwester eben nicht aussuchen.«

»Aber man kann sich anständig benehmen innerhalb der Familie. Wie lange brauchst du bis zum Krankenhaus?«

Lea zuckte mit den Achseln. »Keine Ahnung. Ich wollte über Berlin fliegen, von dort aus morgen Nachmittag weiter mit dem Zug. Jetzt bin ich mit dem Auto unterwegs.«

»*Morgen* Nachmittag? Himmel, das ist viel, viel zu spät. Papa kann das doch nicht einfach so für dich verschieben! Das weißt du doch, oder?«

»Und wenn. Ich wollte den Mistkerl ohnehin nicht mehr sehen«, sagte Lea und legte auf, bevor ihre große Schwester darauf etwas erwidern konnte.

Eine Zeit lang fuhren wir schweigend weiter.

Ich suchte nach einer Bemerkung, die die Situation entschärfen und ihr die Peinlichkeit nehmen konnte, denn immerhin hatte ich ja nun ungewollt einen sehr privaten Einblick in einen offenbar sehr heiklen Aspekt von Leas Familienleben erhalten.

Natürlich lag es mir auf der Zunge, die Entscheidung, ihren Vater zu versetzen, vehement zu kritisieren. Aber vielleicht war es besser, wenn ich mich nicht einmischte und die Sache auf sich beruhen ließ. Was sich aber auch irgendwie komisch anfühlte. Ich meine, stellen Sie sich vor, jemand beendet in Ihrer Gegenwart ein Telefonat mit der Information, dass er sich zum Einschlafen immer einen Windeleimer über den Kopf ziehen muss. Da würden Sie ja als Nächstes auch nicht mit der Bemerkung: »Und, wie läuft's beruflich so?« das Thema wechseln. Und, ja, ich weiß. Ein sterbenskrankes Familienmitglied ist jetzt nicht mit skurrilen Einschlafritualen vergleichbar, ich wollte nur darauf hinweisen, dass man einen Elefanten im Raum nicht ignorieren kann. Erst recht nicht, wenn der Elefant in die Fahrgastzelle einer Limousine gepresst die nächsten Stunden über einem schwebt.

Als wir ein Plakat passierten, das mich daran erinnerte, einen Blick auf mein Handy zu werfen, weil auf dem Plakat stand, dass man genau das nicht tun dürfe, fragte ich Lea deshalb: »Darf ich dich etwas fragen?«

»Nein.«

Okay. In der Begründung etwas knapp, aber vom Standpunkt her eindeutig.

»Schön, dann sag ich halt gleich meine Meinung: Wenn dein Vater im Krankenhaus liegt und wegen Krebs nicht mehr lange am Leben bleibt, dann sollte man vielleicht seinen Groll auf die Familie kurzfristig runterschlucken und etwas freundlicher sein.«

Sie sah mich müde von der Seite an und wirkte auf einmal sehr erschöpft. »Würdest du das jetzt auch sagen, wenn Paps beinahe jeden Sonntag Zigarren auf deinem Kinderrücken ausgedrückt hat, nur weil seine Fußballmannschaft verloren hat?«

Ich blickte entsetzt zu ihr. »Großer Gott, *das* hat er getan?«

»Nein. Das ist nur ein Beispiel, um dir zu zeigen, dass man besser die Schnauze hält, wenn man nicht die gesamte Geschichte kennt.«

Hm. Da ich nicht wusste, was ich darauf erwidern sollte,

tat ich exakt das, was sie mir geraten hatte, und schwieg. Etwa zwanzig Sekunden hielt ich es durch.

»Wo liegt denn dein Vater?«

»Hm?«

»In welchem Krankenhaus ist er?«

»Ach so, Hamburg. Sanddorn-Klinik.«

»Und für wann ist die OP angesetzt?«

»Heute Nachmittag, siebzehn Uhr.«

Ich sah auf die Uhr am Armaturenbrett. Acht Uhr fünfundvierzig.

Bis nach Berlin waren es noch fünf Stunden, nach Hamburg sicher eine mehr.

»Schaffen wir locker«, sagte ich.

Sie tippte sich an den Kopf. »Vergiss es.«

»Wieso? Mein Termin beim Eheberater ist morgen um zehn. Ich kann dich am Krankenhaus absetzen, du wartest, bis er wieder aufwacht, und wir fahren heute Nacht, spätestens morgen früh nach Berlin. Selbst wenn wir Pausen und Staus wegen des Schneechaos einrechnen, müsste das klappen.«

»Zu spät.«

»Du meinst, dein Vater überlebt die OP nicht?«, fragte ich bestürzt.

»Nein, es ist zu spät, weil es nicht nur für dich, sondern auch für mich einen triftigen Grund gibt, weshalb ich, bevor ich irgendwo anders hinfahre, erst nach Berlin muss. Und zwar heute noch.«

Ach ja. Logisch.

Sonst hätte sie von München aus ja direkt nach Hamburg fliegen können.

»Ich habe ebenfalls einen Abgabetermin«, sagte Lea.

»Jetzt sag nicht, du schreibst auch ein Buch.«

In einem Land, in dem gefühlt jeder Zweite schon mal eins veröffentlicht hat, wäre das kein zu großer Zufall. Schließlich stand ich doch selbst in der Reihe derer, die meinten, ihren Namen auf einem Buchcover sehen zu müssen.

»Einen Artikel. Ich bin Journalistin.«

»Eine echte oder so'n Zeugs im Internet?«

Sie verdrehte die Augen. »Sagt dir Teletext was?«

»Dafür schreibst du?«

»Nee, das war ein Test. Aber ich dachte mir eh, dass du Lifestyle-Rentner das noch kennst. Somit ist jetzt alles klar.«

»Was ist klar?«, fragte ich, obwohl die klügere Entgegnung natürlich gewesen wäre, ihr zu sagen, dass sie ja wohl genauso altbacken war wie ich, wenn sie ebenfalls Teletext kannte. Aber mit der Schlagfertigkeit ist es bei mir so wie mit Taschentüchern. Nie da, wenn man eins braucht, aber in jeder Hosentasche drei Stück, sobald man die Klamotte Stunden später in die Waschmaschine gesteckt hat.

»Klar hat ein Teletext-Tubby wie du es natürlich nicht mitbekommen, dass es Blogger gibt, die so manche von Pressesauriern geführte Redaktionskonferenz locker an die Wand nageln können.«

»Also bist du Bloggerin?«

»Nein, ich schreibe für *Truelife*.«

»Das Frauenmagazin?«

»Auf Papier gedruckt. Du würdest sagen: ›was Handfestes‹. Sag Bescheid, wenn ich dir ein Abo für das Mädchenblatt besorgen soll.«

Ich überlegte, ob das ein Seitenhieb auf meine aus ihrer Sicht vielleicht unzureichende Männlichkeit war, konnte den Gedanken aber vorerst erfolgreich verdrängen.

»Und da musst du einen Artikel in der Redaktion abgeben?«

»Weißt du, welcher Tag heute ist?«, stellte sie eine Gegenfrage, und weil ich ein Trottel war, sagte ich es ihr. Erst als sie auch das Jahr wissen wollte, wurde ich misstrauisch.

»Wieso?«

»Weil ich mir nicht sicher bin, ob du in ein Zeitloch gefallen bist und glaubst, noch in den Achtzigern zu leben. Dir ist schon klar, dass Journalisten heutzutage nicht ständig auf der Suche nach Telefonzellen oder Postämtern sind, um ihre neueste Story durchzukabeln? Es gibt da so eine völlig verrückte Sache, von der man sich noch nicht sicher ist, ob sie sich durchsetzt, sie heißt E-Mail.«

»Ha, ha.«

»Doch, wirklich.«

»Also ist dein Artikel noch nicht fertig, und du musst nach Berlin …«

»Um dort jemanden zu interviewen. Richtig.«

»Und den triffst du …?«

»Heute, achtzehn Uhr. Sechzehn Stunden bevor dein Eheberater dir diesen dreißigseitigen Fragebogen reicht, den du zu Themen wie ›Was vermisse ich bei meiner Partnerschaft?‹ oder ›Wäre meine Beziehung eine Farbe, welche wäre es?‹ ausfüllen sollst. Auf diese Weise kann er dir die erste Stunde schon mal fürs Nichtstun in Rechnung stellen.«

Ich bedankte mich bei Lea für diese nützliche Information.

»Und wen interviewst du?«

»Die ›Last Day Men‹.«

»Wer oder was soll das sein?«

»Ein Club zur Erschließung neuer Erlebniswelten. Fünf

Jungs, die sich einmal im Monat treffen, um etwas zu machen, was sie normalerweise nie im Leben tun würden. Je absurder, desto besser. Zuletzt waren sie beim Nacktyoga, davor in einer Urschreitherapiegruppe.«

»Verstehe. Getreu dem Motto: Wann hast du zum letzten Mal etwas zum ersten Mal getan?«

»Schätze, darüber hast du auch in deinem ›Daddy to Baby‹-Ratgeber fabuliert?«

»Yep.«

»Na ja, wenn du in dem Club mitmachen wolltest, könntest du ja auch was Verwegenes vorschlagen, wie zum Beispiel einen Tag mal die Zeitung wegzulegen und das Internet auszuprobieren.«

»Sehr lustig. Aber wieso nennen sie sich die ›Last Day Men‹?«

»So nenne *ich* sie, weil sie ihre Clubaktivitäten um ein Experiment erweitert haben. Sie haben einen Tag lang so gelebt, als ob es ihr letzter wäre.«

»Oh, das hört sich spannend an«, gab ich zu.

»Und gestern ging ihr erster letzter Tag zu Ende. Heute um achtzehn Uhr wollen sie mir berichten.«

»Verstehe. Das klingt nach guter Story. Aber meinst du wirklich, der Artikel ist es wert, dass du deinen Vater eventuell nie wiedersiehst?«

Sie überlegte. Zumindest vermutete ich das, weil sie a) eine Pause machte und b) die Stirn krauszog.

»Wie spontan bist du?«

Ich lachte auf. »Hey, hab ich dir nicht gerade angeboten, einen Sechshundert-Kilometer-Umweg nach Hamburg zu fahren?«

»Ja, aber wie spontan bist du?«, wiederholte sie ihre Frage.

»Folgender Vorschlag: Ich erlaube dir, deinen Helferkomplex auszuleben …«

»Ich hab keinen …«, versuchte ich zu intervenieren, doch sie ließ mich gar nicht zu Wort kommen.

»Ich bitte dich. Deine Ex kriecht vom Stecher verlassen zu Kreuze, macht auf angefahrenes Reh, und du buckelst sofort wieder zur Eheberatung?«

»Nein, ich …«

Sie winkte ab. »Also, ich kippe meinen Interviewtermin, wir fahren nach Hamburg, du kannst dich gut fühlen, eine zerstrittene Familie zusammengeführt zu haben, und dafür …«

»Dafür *was?*«, fragte ich. Mir schwante Übles, als würde der Teufel von mir fordern, ihm seine Seele oder das erste Kind zu verkaufen, was in Anbetracht der Sachlage, dass *ich* es doch war, der eigentlich eine Gegenleistung für meinen Gefallen verdient hätte, nahezu bizarr war.

»Wir recherchieren selbst«, sagte sie.

»*Was* tun wir?«

Lea sah mich an wie jemanden, der auf einer stillgelegten Rolltreppe darauf wartet, dass sie wieder anläuft.

»Na, was wohl. Wir leben diesen einen gemeinsamen Tag lang so, als wäre es unser letzter.«

7. Kapitel

Wie soll das gehen?«, fragte ich.

»Soll ich dir noch mal das Prinzip erklären?«

»Nein, das habe ich schon begriffen.«

Nachdem sie mir vorhin erst ein Leben im Hier und Jetzt versucht hatte auszureden, wollte Lea plötzlich sämtliche Carpe-diem-Leitsprüche dieser Welt auf die Spitze treiben und zum Spaß einfach mal so tun, als würde jemand pünktlich zum mitternächtlichen Gongschlag bei uns den Stecker ziehen. Auch darüber hatte ich übrigens in dem Buch geschrieben, über das ich morgen mit der Verlagsleitung reden wollte.

»Mal abgesehen davon, dass ich von diesen ganzen ›Lebe jeden Tag so, als wäre es dein letzter‹-Kalendersprüchen so was von die Schnauze voll habe ...«

»Wieso?«, unterbrach sie mich.

»Weil ich zum Beispiel nach drei Wochen an Herzkranzverfettung sterben würde, wenn ich mir jeden letzten Tag meine Henkersmahlzeiten reinschaufeln würde.«

»Guter Punkt. Aber ich habe ja gar nicht gesagt, dass wir jetzt wochenlang so tun sollten, als wäre *jeder* Tag unser letzter. Sondern nur heute.«

»Hm«, nickte ich, wenig überzeugt. »Aber gerade heute stellt sich das doch als etwas schwierig in der Umsetzung dar.«

»Wieso?«

Ich zeigte durch die Windschutzscheibe auf die Fahrbahn, als hätte sie sich gerade erst vor uns aufgetan.

»Wäre heute wirklich Doomsday, sollten wir ihn mit besonders emotionalen Erinnerungen füllen, oder? Aber wir können nun mal schlecht im Schneegestöber auf dem Standstreifen der A9 den Sonnenuntergang genießen. Und um noch mal auf die Henkersmahlzeit zurückzukommen: Nenn mich verwöhnt, aber ich finde, die sollte auch nicht aus paniertem Rasthofformfleisch mit Jägersoße und Fritten bestehen. Will sagen: Wir haben angesichts unserer Route und des Zeitdrucks wenig Optionen, etwas außergewöhnlich Erfüllendes zu tun.«

»Sonnenuntergang und Essen? Das fällt dir als Erstes zum Thema ›letzter Tag‹ ein?« Sie schüttelte den Kopf wie meine Mutter früher, wenn ich mit einer schlecht benoteten Klassenarbeit nach Hause gekommen war. Enttäuscht und mit einer gewissen Nachdenklichkeit, ob ich womöglich doch bei der Geburt vertauscht worden war.

»Wieso, was schwebt dir denn so vor?« Diese Frage hätte ich mir mal besser verkneifen sollen, denn sie erwies sich als Startschuss für ein Experiment, dem ich aus Leas Perspektive offenbar längst zugestimmt hatte.

Jedenfalls zog sie ihr Handy hervor, tippte etwas und sah auf. »Sind wir hier in der Nähe von Allersberg?«

Ich schaute aufs Navi. »Nächste Ausfahrt, noch etwa zehn Kilometer.«

»Wow, das passt ja.«

»Was passt?«

»Fahr raus und warte ab. Ich zeig dir, womit ich den heutigen Tag beginnen würde, wenn er der letzte meines Lebens wäre.«

A9

8. Kapitel

Hier?«

Der Kies knirschte unter den Reifen unseres Mietwagens, als wir uns über die Zufahrt einem roten, rathausähnlichen Backsteinbau näherten, der schon mal bessere Tage gesehen hatte. Seine Bewohner vermutlich leider auch.

»Haus Sonnenschein«, las ich die halbkreisförmig angeordneten, in Stein geschlagenen Buchstaben über der Eingangspforte ab. »Ein Altersheim?«

Lea riss in gespieltem Erstaunen die Augen auf. Mit dem Enthusiasmus eines Zombies klatschte sie langsam in die Hände. »Wow, ich bin mit Mr. Enigma unterwegs. Mit dieser Kombinationsgabe bist du nicht beim Bundesnachrichtendienst und entschlüsselst Geheimcodes?« Sie grinste mich entwaffnend an.

Angesichts der Tatsache, dass wir gerade an einem überlebensgroßen Zaunplakat vorbeifuhren, auf dem zwei glückliche Rentner unter der Überschrift »Ruhesitz am Rothsee« Händchen hielten, war ihr Sarkasmus wohl nicht gänzlich unberechtigt.

Ich folgte einem Pfeilschild und fuhr am Haupthaus vorbei zu dem etwa fünfzig Meter entfernten Besucherparkplatz. Hier stiegen wir aus.

»Und jetzt?«

»Wart's ab.«

Ich folgte Lea auf einem Kiesweg in den Park des Seniorenstifts. Gut, ich hatte nicht unbedingt das Gefühl, den Hof von Schloss Sanssouci zu betreten, aber immerhin hatte sich jemand die Mühe gemacht, die Gehwege zu enteisen. Dass die Birken und Eichen eher wie Röntgenbilder von Bäumen aussahen, war dem Winter geschuldet, der sie präziser als jedes Napalm entlaubt hatte. Unter der dichten Schneedecke auf dem zentralen Mittelfeld verbarg sich vermutlich eine Wiese. Zumindest hielt ich es für wenig wahrscheinlich, dass hier im Frühjahr ein Fußball- oder Rugbyfeld freigelegt würde, auch in Anbetracht der wenigen sichtbaren Bewohner, die in der klaren Kälte des Vormittags um den Platz herum spazieren gingen.

Es waren im Grunde nur vier, drei davon hochbetagt, weit oberhalb der Pensionsgrenze. Ein Mann wurde von einem langhaarigen Pfleger im Rollstuhl geschoben, ein weiterer schlurfte eigenständig voran. Und als Dritte im Bunde kam uns eine alte Dame mit gesenktem Haupt auf einen Rollator gestützt entgegen. Sie trug einen langen Wollmantel am dürr wirkenden Körper und einen anthrazitfarbenen Schal zu farblich passenden Wildlederstiefeln.

»Was wollen wir hier?«, fragte ich erneut.

»Um diese Uhrzeit ist Gerda immer im Park.«

»Gerda?«

Statt einer Antwort stellte Lea sich der Dame mit Rollator in den Weg und sprach sie an. »Hallo, meine Liebe, wie geht es dir?«

Die alte Dame hob den Kopf, und ich sah in faltenumrandete, lebenstrübe Augen.

Über den grauen Haaren spannte sich etwas, das ich erst für einen jener Kopfhörer hielt, mit denen Dr. Dre die Hälfte meiner Schülerinnen und Schüler ausgestattet hatte. Allerdings sprach gemäß dem ockhamschen Prinzip – die nächstliegende Annahme ist meist die richtige – vieles dafür, dass sich die Spaziergängerin, die ich auf mindestens Mitte achtzig schätzte, nicht mal eben mit Gangsta-Rap ordentlich die Gehörgänge durchballern wollte, sondern schlicht und ergreifend Ohrenwärmer trug.

»Gerda?«, fragte Lea und lächelte um vieles herzlicher, als ich es ihr zugetraut hätte.

Die Dame blinzelte erstaunt, erwiderte aber Leas Lächeln, wenn auch sehr viel zaghafter.

»Ja, bitte?« Worte, die ebenso freundlich wie unsicher klangen.

»Erkennst du mich nicht mehr?«, fragte Lea und klang traurig.

»Verzeihung, ich fürchte …« Gerda zog aus der Netztasche ihres Rollators ein Etui, öffnete es und setzte sich eine rahmenlose Brille auf ihre sehr kleine Nase.

»Tut mir leid, ich sehe nicht mehr so gut.« Ob ihr die Brille nun eine Hilfe war, wagte ich zu bezweifeln, beschlug sie doch sofort.

Tatsächlich aber schien sie durch die Milchglasscheiben vor ihren Augen immerhin so viel zu erkennen, dass sie erfreut mit ihren behandschuhten Fingern in die Hände klatschte.

»Goldstück, bist du das etwa?«

Lea lachte wieder. »Du nennst mich immer noch so.«

»Ich … also, was soll ich sagen. Nach all der Zeit. Das ist ja eine Überraschung.«

Die beiden umarmten einander, so innig es ihnen möglich war. Lea voller Inbrunst, die Dame mit erkennbar gichtsteifen Gelenken. Lea löste sich mit dem Kompliment von ihr, dass sie noch immer nach dem feinen Parfum von damals duftete.

Die alte Dame nickte erfreut. »Wie sagte dein Großvater immer: Opium bringt Opi um, aber nicht unsere Gerda.«

Ich stimmte höflich in das Gelächter ein in der Hoffnung, dass das Parfum gemeint war und nicht die Droge, die Gerda sich früher reingezogen hatte, während sie eigentlich Lea hatte babysitten sollten. (Wobei es einige der Verhaltensauffälligkeiten meiner Mitfahrerin erklärt hätte, sollte sie schon als Kleinkind immer mal wieder von Großmutters Pfeife genascht haben.)

Auf jeden Fall zog ich innerlich meinen nicht vorhandenen Hut vor Lea. Beim letzten Tag nicht an sich, sondern zuerst an die Angehörigen zu denken, zeugte davon, dass ihr Sozialverhalten zumindest nicht auf der Stufe eines Psychopathen stand. Oder der eines CEO in einem Fortune-500-Unternehmen. Die Übergänge waren hier ja fließend.

»Entschuldige, Omi. Ich hätte vorher Bescheid sagen sollen.« Leas Atem dampfte wie der einer Lok beim Anfahren. »Aber es war spontan, wir sind zufällig hier in der Gegend. Ach, wo hab ich meinen Kopf. Das hier«, sie zeigte auf mich, »ist ein sehr netter Bekannter. Livius Reimer. Wir haben wegen eines Unwetters in München kein Flugzeug bekommen, und er nimmt mich mit dem Auto mit.«

Sie lächelte mich an. »Das ist aber lieb von Ihnen. Wollt ihr, also … Wollen wir einen Kaffee trinken? Sie machen den immer frisch in der Bibliothek.«

Lea schüttelte traurig den Kopf. »Es tut mir leid, wir haben wenig Zeit. Aber die will ich nutzen, um etwas wiedergutzumachen.«

»Was meinst du?«

»Du weißt doch, worum es geht, Gerda.« Lea senkte den Kopf. Zerknirscht sagte sie: »Ich wollte mich entschuldigen.«

»Aber wofür denn, Goldstück?«

»Du weißt es. Das, was dich all die Jahre so verletzt hat.«

»Du meinst die Sache mit Peter?«

Lea nickte schuldbewusst.

»Aber dafür kannst du doch nichts«, sagte Gerda leise, fast flüsternd.

»Doch. Es war auch meine Schuld. Und die von Peter. Wir wollen dich beide um Verzeihung bitten. Leider geht es ihm nicht so gut.«

»Wieder der Kreislauf?« Als Lea nickte, war Gerda regelrecht aufgebracht: »Wie oft habe ich ihm gesagt, dass ihm seine Bank nicht wichtiger sein darf als die Gesundheit.«

»Du kennst ihn doch.« Lea zuckte mit den Schultern. »Auf jeden Fall wäre er gerne mitgekommen und wird das bestimmt nachholen. Jetzt ist uns beiden erst mal wichtig, dich aufrichtig um Verzeihung zu bitten.«

Gerda nickte sichtlich bewegt. »Danke, das bedeutet mir viel. Jetzt kann ich …«

Sie atmete schwer aus. Ihre Atemwolke fiel dennoch deutlich kleiner aus. Schwebte fragiler als unsere in der Luft, bis sie sich verflüchtigte.

Sie umarmten einander erneut, beide mit Tränen in den Augen, und ich zog mich zurück, um ihnen Raum zu geben und den intimen Moment nicht zu stören.

Nach etwa fünf Minuten – mittlerweile waren wir drei die

Einzigen im Park und meine Füße trotz Einlegesohlen so durchgefroren wie ein Tiefkühlhühnchen – begleitete Lea ihre Oma zu der großen, doppelflügeligen Glastür, durch die man ins Hauptgebäude gelangte. Oder umgekehrt aus ihm hinaus nach draußen auf die Terrasse, auf der Lea jetzt alleine stand.

Mit einem subtilen »Worauf wartest du?« gab sie mir zu verstehen, dass ich zu ihr kommen sollte.

»Willst du nicht noch bei ihr bleiben?«, fragte ich

»Nein. Auch wenn das eben mit Omi sehr schön war.«

Sie putzte sich die Nase, und ich fragte mich, ob das Folge der Rührung war oder ob ihr die Temperatur mittlerweile auch zusetzte.

»Ja, fand ich auch. Sehr ehrenwert von dir«, sagte ich. »Dann lass uns weiterfahren.«

»Nein. Jetzt bist du dran.«

Sie öffnete die Terrassentür.

»Womit?«, fragte ich perplex.

»Na was wohl. Du entschuldigst dich auch!«

»Bei deiner Oma?«, fragte ich sinnbefreit.

»Quatsch.«

Hatte sie den Verstand verloren? Ihr musste doch klar sein, dass meine Verwandtschaft nicht rein zufällig auch im Haus Sonnenschein untergebracht war. Das fragte ich sie, während ich ihr ins Warme folgte, und ergänzte, als keine Reaktion kam: »Und abgesehen davon, dass ich mich für nichts zu entschuldigen brauche, *habe* ich überhaupt gar keine Oma mehr.«

Lea blinzelte mich verständnislos an, während sie die Tür hinter uns schloss. »Na und? Ich doch auch nicht.«

9. Kapitel

Es war, als hätte nach zweiunddreißig Jahren irgendjemand ausgerechnet hier in der Bibliothek von Haus Sonnenschein eine Fernbedienung für meinen Körper gefunden und damit meine Extremitäten auf Stopp und mein Gehirn in den Leerlauf geschaltet.

Vielleicht der alte Herr in Cordhosen vor dem Kamin? Oder eine der beiden Ladys, die in bequemen Hausanzügen vor dem Bücherregal einen Bildband studierten?

»Und wer war das dann gerade eben im Park?«, krächzte ich – gefühlt hatte ich da schon eine Stunde lang mit heruntergeklappter Kinnlade Lea angestarrt. Noch immer unbemerkt vom Personal, das hier offenbar ähnlich aufmerksam war wie ein Verkäufer in einem Elektronikmarkt, wenn man Beratung brauchte.

»Gerda? Keine Ahnung. Hab sie heute zum ersten Mal gesehen.«

»Aber du hast doch …«

»Was? Sie nett angelächelt, höflich angesprochen? Da siehst du mal, was man bewegen kann, wenn man freundlich ist.«

Ich suchte in Leas grünen Augen nach Anzeichen des Irrsinns, konnte sie aber nicht entdecken. Als Nächstes war ich versucht, mich zu zwicken, denn die vernünftigste aller Erklärungen war, dass ich in Wahrheit schlafend meinen Zeitung lesenden Sitznachbarn im Flugzeug vollsabberte und dabei dieses wirre Zeug träumte.

»Aber woher hast du gewusst, dass sie Gerda heißt und – ich zitiere – *um diese Uhrzeit immer im Park ist?*«, fragte ich.

»Schon vergessen? Ich bin Journalistin. Ein Blick auf die Website des Heims genügt. Im Bereich ›Freizeitaktivitäten‹ findest du ihr Bild mit der Unterschrift: ›Unsere liebe Gerda dreht jeden Vormittag zwischen neun und zehn Uhr bei Wind und Wetter ihre Runden im wunderschönen Hof unseres Stifts.‹«

Aha. So viel also zum Thema Datenschutz.

»Ich verstehe das trotzdem nicht … Woher wusstest du, dass sie ein Problem hat?«

»Ich bitte dich. Jeder Mensch mit Familie hat eins. Schon mal was vom Enkeltrick gehört?«

Ja, natürlich. Ich hätte mir nur nie erträumt, irgendwann dazu Beihilfe zu leisten. Ein Bekannter von mir war sogar selbst reingefallen, und zwar auf eine ganz perfide Mutation dieser Betrugsmasche: Ein Anrufer hatte sich als Finanzbeamter ausgegeben, der gerade seine Steuerabrechnungen prüfe. Er bot meinem Bekannten an, dass er gegen eine Zahlung von zehntausend Euro die Prüfung abschließen könnte, ansonsten würde er die strafbare Hinterziehung melden. Und so wie laut Lea jeder Mensch ein Problem innerhalb seiner Familie hat, so hat wenigstens jeder Zweite Dreck am Stecken, was das Finanzamt anbelangt. Mein Bekannter war der statistisch gesehen zweite Angerufene und hatte tatsächlich gedacht, seine Hinterziehungen wären vom Tisch, wenn er den Umschlag in dem Mülleimer im Tiergarten deponierte.

»Damit willst du deinen hypothetisch letzten Tag beginnen? Mit einem Betrug?«, fragte ich Lea.

»Mit einer barmherzigen Lüge, ja. Schau nur, wie Gerda sich gefreut hat. Ich hab ein Problem gelöst. Eine gute Tat. Sie kann jetzt inneren Frieden finden.«

Sie meinte es wirklich ernst, so zufrieden, wie sie strahlte.

»Aber was, wenn Goldstück oder Peter wirklich mal bei ihr vorbeischauen?«

»Nun, das will ich doch hoffen, dass sie Gerda an ihrem Lebensabend nicht alleine lassen. So, genug gequatscht. Wen suchst du dir aus?«

Lea musterte abwechselnd alle Anwesenden. Mittlerweile war ein weiterer älterer Herr auf Hausschuhen in die Bibliothek geschlurft und unterhielt sich mit dem Cordhosen-Mann vor dem Kamin. Wir waren bereits von allen mit verstohlenen Blicken bedacht, aber entweder als harmlos oder uninteressant eingestuft worden. Vermutlich beides.

»Der mit den Cordhosen sieht gutmütig, aber auch traurig aus«, sagte Lea.

»Vergiss es«, raunte ich ihr zu, doch sie hatte sich schon in Bewegung gesetzt.

»Das ist nicht mein Wunsch. Nicht an meinem letzten Tag«, versuchte ich ihr zu erklären. Letzteres hatte ich wohl etwas zu laut geraunt, denn die beiden Männer am Kamin drehten sich zu mir, wohl um zu hinterfragen, welcher Unbekannte da hinter ihnen über seine letzten Stunden fabulierte.

»Hey, mein Lieber.« Lea lächelte bereits wieder ihr Enkeltrick-Lächeln, packte mich an der Hand und schob mich vor Mr. Cord.

»Erkennst du, wen ich dir hier mitgebracht habe?«

A9
JEDER IST
ZERSETZBAR!

10. Kapitel

Um es kurz zu machen: Es endete in einem Desaster. Freimut, so hieß der betagte Sachse, hatte weder Enkel noch Sohn. Ersteres erfuhr ich nicht von ihm direkt, sondern von Frau Malaika Okonkwo, der Heimleiterin, die ich nur mit Mühe davon abhalten konnte, die Polizei zu rufen, nachdem Freimut zuvor die ganze Bibliothek zusammengebrüllt hatte.

»*Wer seid ihr Flitzpiepen? Bonnie und Clyde? Wollt ihr mit der Enkeltrick-Masche an unser Erspartes? Frau Okoooonkwooooo! Hiiiiilfeeeeee. Frau Okonkwooooooo!*«

So viel zu seiner Gutmütigkeit …

Nur drei Sekunden später schoss eine Mittfünfzigerin in die Bibliothek, mit einer Wucht, der sich auch kein NFL-Linebacker gerne in den Weg geworfen hätte. Ich schon gar nicht.

»Wer sind Sie? Was wollen Sie von Freimut?«

»Wir sind mit ihm verwandt.«

»Aha. Und mit welchen der Familienmitglieder, die 1999 allesamt bei dem schweren Schiffsunglück in der Nordsee verstorben sind, habe ich das Vergnügen?«

Sagte ich, wir hätten Frau Okonkwo davon abgehalten, die 110 zu wählen? Nun ja, sicher bin ich mir da nicht, denn um ehrlich zu sein, nahm ich von einer sachlichen Diskussion mit ihr Abstand. Diese wäre wohl auch nur schwierig zu führen gewesen, denn ich konnte ja kaum mir selbst den Unsinn erklären, geschweige denn einer aufgebrachten Heimleiterin.

Kleiner Exkurs: Ich fühlte mich wie Knut Korwerk, einer meiner Elftklässler, der sich während einer Ski-Klassenfahrt auf ein Experiment eingelassen hatte, das er im nichtbekifften Zustand niemals riskiert hätte. Angestachelt von seinen Mitschülern, kam er auf die grandiose Idee, auszutesten, ob Herr Bornstedt-Reedwill tatsächlich in Tatjana Suhlke verliebt war, die unangefochtene »Schulschönheit«. Ein kleiner Fehler führt manchmal zu einem großen, der sich dann (siehe Tschernobyl) zu einem Super-GAU potenzieren kann.

Hier führte eine kleine, dumme Idee zu einer größeren, und der größte anzunehmende Skandal nahm seinen Lauf, als Knut im Keller der Jugendherberge im Kostümfundus für Theateraufführungen eine blonde Langhaarperücke entdeckte. Schwups, war die Idee geboren, sich das Ding aufzusetzen und damit bei Bornstedt-Reedwill aufs Zimmer zu schleichen, sich neben ihn zu legen und »Hallo, mein Süßer, ich bin's, Tatjana« zu hauchen. Und das war möglich, auch wenn Knut keineswegs der beste Stimmenimitator war, da Tatjana exakt diesen Satz in einem ihrer Instagram-Videos gesagt hatte. Knut wollte also per Handy diesen Ausschnitt abspielen und abwarten, wie der Lehrer auf die langhaarige Person neben ihm reagierte.

Sie merken selbst, dass dieser »Liebestest« nicht sonderlich gut durchdacht war, denn abgesehen davon, dass Knut zur Tatzeit wie der Hinterhof einer Kreuzberger Eckkneipe stank, waren seine Unterarme behaarter als so mancher

Orang-Utan-Rücken. Das einzig Feminine an ihm war in der Tat die Rapunzel-Perücke, doch die konnte man ohnehin nicht sehen, weil Knut sich nicht getraut hatte, das Licht anzumachen, bevor er im Zimmer 211 der Herberge unter die Decke schlüpfte. Hätte er das getan, wäre der GAU vielleicht noch abzuwenden gewesen. So aber blieb Knut verborgen, dass Zimmer 211 *nicht* das von Herrn Bornstedt-Reedwill war und er stattdessen im Haschrausch mit staubigen Kunsthaarzotteln den Rücken von Frau Sybille Niedersang befummelte. Eine sehr gutmütige, aber auch sehr schreckhafte Kollegin, die kurz vor ihrer Pensionierung stand und sich von dem Ausflug nach Schladming einen krönenden, unvergesslichen Abschluss ihrer Laufbahn erhofft hatte.

Nun, zumindest »unvergesslich« sollte es dank Knut werden. Denn zu allem Übel verwechselte dieser auch noch die Audio-Dateien auf dem Handy, das er der selig Schnarchenden direkt vors Ohr hielt. Mit der Folge, dass Frau Niedersang noch heute nachts hochschreckt, weil sie in ihren Träumen von einem Serienkiller verfolgt wird, der ihr entgegenbrüllt: »JEDER IST ZERSETZBAR!«

Eigentlich als lustiger Spruch zu Beginn einer Crime-Comedy gedacht, deren Trailer Knut zuletzt auf YouTube gesehen hatte.

Die derart traumatisierend Geweckte hatte nicht nur wie Freimut der Sachse die ganze Anlage zusammengeschrien, sondern dabei Knut so heftig aus dem Bett gemöbelt, dass er schon deshalb einen ganzen Tag lang gar nicht in der Lage gewesen war, das Missverständnis aufzuklären. Einem normal denkenden Menschen wäre das schon ohne Gehirnerschütterung äußerst schwergefallen. Und so wie Knut es weder der Lehrerin noch dem Schulleiter und erst recht nicht seinen Eltern plausibel machen konnte, weshalb zum Geier er sich halb nackt mit Rapunzelperücke in das Bett einer Fast-Pensionärin geschlichen hatte, um sie mit Serienkillerbekenntnissen zu tollschocken, fand ich jetzt ebenfalls keine sinnvolle Erklärung dafür, weshalb sich zwei erwachsene Menschen spontan dazu entschieden hatten, ein Altersheim zum Schauplatz eines Lügen-Laientheaterauftritts zu machen. Exkurs Ende.

Eben aus diesem Grund hatte ich mit Lea die Flucht nach vorn gewählt. Genauer gesagt, die Flucht zurück durch die Terrassentür über den Hof zum Besucherparkplatz, von dem aus wir mit durchdrehenden Rädern zur Straße schossen.

11. Kapitel

Okay, es funktioniert nicht immer«, gestand Lea zwanzig Minuten später ein, nachdem sie den letzten Schluck ihres Milchshakes getrunken hatte. Wir saßen in der Ecke der Autobahnraststätte Nürnberg-Feucht Ost. »Aber der Wille zählt. Was machen wir als Nächstes?«

Ich wollte gerade ansetzen, dass sie ganz offensichtlich keinen Shake, sondern Lack gesoffen hatte, wenn sie nach diesem Vorfall auch nur eine Sekunde darüber nachdachte, den Letzter-Tag-Irrsinn fortzusetzen. Aber zum einen war mein Mund mit einem nach Gummi schmeckenden Hamburgerstück verstopft, auf dem ich schon eine halbe Ewigkeit rumkaute und das ich vermutlich nur wieder loswurde, wenn irgendjemand an mir den Heimlich-Griff anwandte. Zum anderen klingelte mein Handy.

Yvonne!

»Echt jetzt? Du hast sie noch immer mit Herzchen vor und hinter dem Namen abgespeichert?« Lea griff schneller nach meinem Telefon, als ich den Burgerbrocken ausspucken konnte, und kommentierte das Foto im Display. »Hübsch. Hätte ich dir gar nicht zugetraut.«

»Gib es mir wieder zurück«, forderte ich so zwischen dem sechsten und siebenten Klingeln. Bald würde meine Mailbox anspringen.

»Was macht sie beruflich?«

Die Antwort wäre Nail-Stylistin gewesen, aber ich ließ Lea im Unklaren und konzentrierte mich lieber darauf, ihr das Handy abzunehmen und vom Tisch aufzustehen, um mir eine ruhige Ecke zu suchen, in der ich ungestört mit Yvonne sprechen konnte.

Ich fand sie zwischen zwei verwaisten Spielautomaten. Ungetüme, bespielt von Durchreisenden, die sich keine schönere Freizeitbeschäftigung vorstellen konnten, als auf rotierende Kirsch-, Zitronen- und Himbeersymbole zu starren.

»Störe ich?«, hauchte Yvonne.

»Nein«, sagte ich und sah durch die Scheibe auf den Parkplatz, auf dem gerade ein Tiertransporter einfuhr.

»Schön, ich hab nachgedacht, wegen morgen.«

Oje. Absage?

»Ja?«

»Bist du schon gelandet?«, wollte sie wissen.

»Nein.« Ich klärte sie darüber auf, dass der Flug gestrichen und ich mit dem Mietwagen unterwegs war.

»Und wo bist du gerade?«

»Höhe Nürnberg.«

»Also noch ein gutes Stück, okay. Was hältst du davon, wenn du heute Nacht bei mir schläfst? Wir könnten beim Abendessen ja schon mal reden. Nur wir zwei.«

Ich bemerkte, dass mein Mund sich zu einem debilen Lächeln verformen wollte, was ihm jedoch nicht so recht gelang. Zwar freute ich mich über diesen unerwarteten Annäherungsversuch.

Aber wie sollte ich ihn erwidern?

»Ja äh«, stotterte ich, »das ist eine gute Idee.«

Das Einzige, was mich davon abhält, ist meine exzentrische Mitfahrerin, der ich versprochen habe, so zu tun, als ob heute unser letzter Tag wäre, damit ich sie nach Hamburg fahren darf.

Ich hatte die wohl nicht ganz unberechtigte Befürchtung, dass sich meine Gedanken noch sinnfreier anhören würden, wenn ich sie aussprach. Daher sagte ich nur: »Es gibt eine Vollsperrung, irgendein krasser Unfall.«

In diesem Moment brach die Kakofonie los. Wildes Gepiepe, Geschnarre und Gebimmel, und das an beiden Glücksspielautomaten gleichzeitig. Zwei Fernfahrer – gedanklich nannte ich sie Tucker & Dale, in Anlehnung an einen meiner Lieblingshorrorfilme, in dem die beiden sympathischen Helden auch Baseballcaps trugen – hatten sich über die Apparate hergemacht und daddelten drauflos. Ich fühlte mich wie eingeklemmt zwischen zwei Leierkastenmännern, die eine neue Form der weißen Folter an mir ausprobierten.

»Was ist denn da los bei dir?«, fragte Yvonne.

»Äh, sorry.«

Ich verließ Tucker & Dale und suchte mir einen Platz an einem leeren Esstisch, weitab von Lea.

»Ich hänge auf einer Raststätte fest.«

»Ich denke, du stehst im Stau.«

»Ja, wir sind rausgefahren.«

»Wir?«

Verdammt. Ich biss mir auf die Zunge und imitierte einen Schlag gegen die Stirn. Das beobachtete eine junge Mutter, die mit einer Hand ein Tablett balancierte und mit der anderen einen Kinderwagen am Nachbartisch parkte.

»Es gab nur noch einen Mietwagen. Ich musste ihn mir mit Le… äh … mit Leo teilen.«

»Wer ist Leo?«

»Ein Journalist. Muss auch dringend nach Berlin.«

Jede gute Lüge hat einen wahren Kern, dachte ich. Allerdings war ich mir nicht sicher, ob »gut« und »Lüge« angesichts der heutigen Vorfälle zwei Begriffe waren, die ich jemals wieder in Zusammenhang bringen wollte.

»Okay, und ihr könnt den Stau nicht umfahren?«, wollte Yvonne wissen.

»Wir stecken mittendrin. Der Stau ist bestimmt dreißig Kilometer lang.«

Die Mutter am Nachbartisch starrte erstaunt durch das Fenster zur A9, die in diesem Moment nahezu unbefahren war. Dann zurück zu mir.

»Wie, mittendrin? Also bist du doch nicht auf einer Raststätte?«

Verdammt, seit wann spielte Yvonne Miss Marple?

»Doch. Wir haben uns die letzte halbe Stunde im Schneckentempo vorgearbeitet und sind bei der nächstbesten Gelegenheit hier ausgeschert, um mal auf Toilette zu können. Wir fahren jetzt erst mal nicht weiter, sondern warten, bis der Stau sich aufgelöst hat.«

Ein weiterer »Ist der noch ganz knusper«-Blick meiner Sitznachbarin, gefolgt von einem lauten Stöhnen Yvonnes.

»Na, dann drück ich die Daumen. Würde mich echt freuen, wenn es heute noch klappt.«

Ich versprach ihr, mich zu beeilen und sie sofort anzurufen, wenn wir wieder über Schritttempo hinaus wären, dann legte ich auf und entfernte mich von der Mutter, die mich entweder für einen Schwachkopf oder für einen betrügerischen Ehemann hielt, und irgendwie fühlte ich mich wie beides.

Als ich bei unserem Tisch ankam, war Lea samt Milchshake verschwunden. Auch meine Jacke hing nicht mehr über meinem Stuhl, und sogar mein Gummiburger war abgeräumt.

Sofort begann mein Herz vor Sorge schneller zu pumpen. In der festen Überzeugung, Lea und mit ihr weder meine Brieftasche noch den Mietwagen je wiederzusehen, blickte ich mich um. Erleichtert entdeckte ich sie hinter der Fensterfront im Freien. Sie trug meine Jacke und stand auf dem Parkplatz neben einem schrottreifen Kleinstwagen. Dort diskutierte sie gestenreich mit einem stark übergewichtigen Mann im Jogginganzug. Ihre Gesprächstaktik schien in erster Linie darin zu bestehen, ihm ständig eine Hand vors Gesicht zu strecken, als wollte sie ihn zu einem High five auffordern. Er erwiderte ihr Angebot, indem er sich die nicht vorhandenen Haare raufte und dabei schleudertraumaverdächtig den Kopf schüttelte.

Die beiden gingen einige Schritte weiter und verschwanden hinter dem vorhin angekommenen Tiertransporter, der augenscheinlich mit Schweinen beladen war.

»Livius?«

Erschrocken drehte ich mich zu dem Mann mit der Bassstimme, der wie aus dem Nichts hinter mir aufgetaucht war. Aus gefühlten zwei Meter fünfzig Höhe starrte er auf mich herab wie ein Adler, der über seiner Beute schwebte.

»Ja?«

»Okay«, sagte er, knallte eine lachsfarbene Stofftasche auf den Tisch, in der sich ein länglicher Gegenstand abzeichnete, und schlurfte wieder davon.

Irritiert starrte ich ihm nach. Er trug einen Blaumann, und die Hände schienen ölverschmiert, ein Automechaniker vielleicht? Womöglich war er aber auch ein Auftragskiller, der seinem jüngsten Opfer gerade unter Folter meinen Vornamen entlockt und mir dessen sterbliche Überreste in einer Tasche auf den Tresen gedonnert hatte.

Sie merken, hin und wieder geht meine Fantasie mit mir durch. Zumindest an Tagen, an denen ich noch vor meinem dritten Kaffee vor wild gewordenen Heimleiterinnen habe fliehen müssen.

Was zum Geier ist das?

Ich wollte gerade vorsichtig den Reißverschluss der Tasche aufziehen, als mich Leas Gebrüll davon abhielt.

»Finger weg, die ist für mich!«, sagte sie und eilte auf mich zu.

»Was ist da drin?«

»Überraschung.« Sie setzte sich wieder und zog meine Jacke aus.

»Hat das was mit der Jogginghose zu tun, mit der du dich da draußen gestritten hast?«

»Indirekt, aber jetzt lenk nicht ab.«

»Wovon?«

»Von Yvonne. Was wollte sie?«

»Sich mit mir zum Abendessen treffen«, verriet ich ihr.

»Hm.« Sie überlegte. »Dann lassen wir das mit Hamburg wohl doch besser ausfallen.«

Alles in mir schrie danach, den Vorschlag anzunehmen. Nur mein Gewissen nicht. Wenn ich Lea schon einen Vortrag gehalten hatte, dass ein Recherchetermin kaum wichtiger sein konnte als die Krebserkrankung ihres Vaters, so war mein Abendessen natürlich auch eher zu verschieben als eine OP.

»Nein, wir ziehen das durch«, sagte ich deshalb.

»Okay, prima. Was also ist deine Wahl?«

Sie zog die Tasche, die einigermaßen schwer zu sein schien, zu sich heran und stellte sie mit einem hörbaren *Klonk* unter den Tisch. Wenn meine Auftragskiller-Folter-These auch nur ein Fünkchen Wahrheit enthielt, dann hatte der Blaumann uns eher eine Pumpgun als ein Körperteil überlassen.

»Mit ›Wir ziehen das durch‹ meinte ich unsere Fahrt. Nicht deine ›Last Day‹-Idee«, klärte ich sie auf.

Sie zwinkerte mir neckisch zu. »Komm schon. Wenigstens als Gedankenspiel. Angenommen, du würdest etwas Bestimmtes machen wollen an deinem angenommen letzten Tag im Leben. Eine Hypothese in der Hypothese. Was wäre es?« Lea lehnte sich zurück und starrte mich an.

Ich wollte erneut protestieren und beteuern, dass ich für weitere Stunts heute ganz gewiss nicht mehr zur Verfügung stünde, konnte aber nicht verhindern, dass ich mich an ein Gedankenspiel erinnerte, das mich schon als kleiner Junge fasziniert hatte.

»Aha, ich sehe, da arbeitet was hinter der Dackelstirn.« Lea lächelte schelmisch.

Ich zuckte mit den Achseln.

»Komm, spuck's aus. Was wolltest du immer schon mal machen, hast dich aber nie getraut?«

»Okay, aber du musst mir versprechen, dass du nicht lachst.«

»Oje. Das letzte Mal, als ich diesen Satz gehört habe, war bei einem Tinder-Date, kurz bevor BerlinBull66 die Hosen runtergelassen hat. Aber das meinst du vermutlich nicht?«

Ich atmete einmal tief durch, dann gab ich mir einen Ruck: »Ich glaube, ich würde gerne bei meiner eigenen Beerdigung dabei sein.«

Sie nickte wissend, während ich konkreter wurde: »Also zum Schein sterben. Sehen, wie sie alle reagieren. Die falschen Freunde und die echten Feinde.«

Wenn ich ihr Grinsen richtig deutete, fiel die Vorstellung bei ihr auf fruchtbaren Boden. »Und mit versteckter Kamera bei der Testamentseröffnung«, erweitere sie mein Gedankenspiel vom gefakten Ableben um eine neue Komponente.

»Ja, die eigene Todesanzeige lesen. Die Nachrufe hören. Mit einer Kamera heimlich die Gespräche bei der Trauerfeier mitfilmen, um zu wissen, was die Menschen wirklich über einen dachten.«

Lea seufzte. »Das fände ich auch prima. Aber ist leider an diesem einen Tag ebenso wenig umsetzbar wie mein Wunsch, mit dem Auto nach Barcelona zu fahren und einen Kaffee bei der Sagrada Família zu trinken. Und zwar ohne jede Vorbereitung. Ohne gebuchte Hotels, ohne Koffer, nur mit dem am Leib, was man bei sich hat.«

»Oh, ja, so etwas würde ich auch gerne mal machen«, rutschte es mir heraus. Tatsächlich hatte ich schon öfter darüber nachgedacht, wie es wäre, einfach zum Flughafen zu fahren und den nächstbesten Flieger zu nehmen.

»Und wieso hast du es nicht längst getan?«, fragte sie mich, als wäre ich hundert Jahre alt und hätte neunundneunzig davon mit Däumchendrehen verplempert.

»Weil das nicht so einfach geht, wenn man Verantwortung hat«, sagte ich.

»Du meinst wohl eher Angst vor Veränderung?«

»Nein, ich meine berufliche Verpflichtungen, die es einem nicht so leicht machen, zum Hörer zu greifen und dem Schuldirektor zu erklären, dass man leider die Abiklausuren nicht rechtzeitig korrigiert hat, weil man sich spontan dazu entschlossen hat, nicht die Ausfahrt am Kurfürstendamm zu nehmen, sondern mal eben bis nach Katalonien durchgebrettert ist.«

»Klar, dass du deinen Beruf vor dein Glück stellst«, versuchte Lea mich wieder pseudophilosophisch zu provozieren, aber darauf ließ ich mich nicht ein. Im Gegenteil hatte sie mir die Gelegenheit gegeben, nun einmal ihr den Spiegel vorzuhalten.

»Ich rede auch von moralischen Verpflichtungen. In deiner Familie mag es ja völlig in der Norm sein, auf einen Roadtrip ins Ungewisse zu starten, wenn ein Mitglied zu Hause dringend Hilfe braucht. Bei mir aber gab es eine sehr lange, sehr schöne Zeit, in der ich wirklich sehr gerne nach Hause gekommen bin und meine Abende mit Yvonne verbracht habe, einfach weil sie mir ein wichtiger Mensch, Freund und Zuhörer gewesen ist, mit dem ich meinen Tag, meine Freuden und auch meine Sorgen teilen wollte. Den lässt man nicht spontan einfach so zurück.«

Lea hustete kurz in ihre Armbeuge. »Nun, das lässt ja mal wieder tief blicken.«

»Inwiefern?«

»Na ja, dass du sagst, du wärst gerne zu Yvonne nach Hause getapert, um mit ihr einen gemütlichen Kuschelabend zu verbringen und Monopoly oder Schiffeversenken oder was weiß ich, was eure Generation da cool findet, zu spielen. Anstatt sie bei euren ach so intensiven und intimen Freundschaftsgesprächen einfach mal zu fragen, ob sie nicht spontan mitkommen und dich auf deinem Abenteuer begleiten will.«

Rums! Das hatte gesessen. Und ja, was soll ich sagen? Da war was dran.

Tatsächlich hatte Yvonne in diesem »Ich bin dann mal weg«-Traum nie eine relevante Rolle gespielt. Ich hatte mich auf dem Weg ins Ungewisse immer alleine auf dem Flughafen stehen oder hinter dem Steuer eines Wagens sitzen sehen. Ich wusste nicht, was es über meine Beziehung zu ihr aussagte, dass ich dabei nicht an sie gedacht hatte. Ich wusste nur, der Gedanke, mich irgendwann einmal mit einer Person wie Lea auf einen experimentellen Selbsterfahrungstrip zu begeben, wäre mir nicht einmal im Drogenrausch gekommen.

»Egal«, schloss Lea dieses Kapitel unserer Unterhaltung. »Halten wir fest, dass für unsere beiden großen letzten Wünsche heute leider die Zeit nicht reicht.«

Erleichtert, dass sie nicht darüber sinnierte, ob es nicht doch einen Versuch wert wäre, alle Menschen in meiner Kontaktliste per SMS über mein spontanes Ableben samt Beerdigungstermin zu informieren (wobei das zumindest mein Yvonne-Abendessen-Problem gelöst hätte), schlug ich vor, die Fahrt nach Hamburg ohne weitere Unterbrechungen fortzusetzen.

»Ich finde, das reicht für unseren ersten letzten Tag. Du kannst ja irgendwann einen zweiten ausprobieren, aber für heute haben wir genug erlebt, oder?«

»Okay«, sagte sie ohne zu zögern, und das hätte mich misstrauisch machen müssen. »Aber würdest du mir nur eine einzige Sache noch zugestehen?«

»Was?«, fragte ich und witterte Unheil.

»Ich weiß, eigentlich wärst du dran, Livius. Aber du willst ja gar nicht mehr, wie du selbst gerade gesagt hast. Darf ich dann zum Abschluss nur noch eine klitzekleine Sache machen, die ich immer mal ausprobieren wollte?«

»Oh, Gott, was hast du denn jetzt schon wieder vor?«

Sie lachte, beugte sich über den Tisch nach vorne und küsste mich auf die Stirn. Dann griff sie nach der Tasche, die der Blaumann bei uns abgestellt hatte.

»Komm mit, Beppo. Ich zeig's dir.«

AS
JACKPOT
RASTSTÄTTE

12. Kapitel

Ich hätte unser Ziel schon an den intensiver werdenden Gerüchen, mindestens aber an dem immer lauter werdenden Grunzen erkennen können. Sicher war ich mir aber erst, als ich direkt vor dem aschgrauen Laster mit den Gitterstangenwänden stand, durch die sich auf unserer Seite bestimmt ein Dutzend Schweineschnauzen zwängten.

Oh, nein.

Veganes Mitte-Mädchen + Tiertransporter = ?

Ich zählte eins und eins und eins zusammen und traute mich das Ergebnis kaum auszusprechen: »Sag mir jetzt bitte nicht, dass du die armen Schweine befreien willst.«

»Mir jetzt bitte nicht, dass du die armen Schweine befreien willst«, wiederholte sie und lachte. »Beppo, schau dich doch mal um. Wo sollen die denn hin? Glaubst du ernsthaft, ich will die statt auf die Schlachtbank in den Unfalltod auf der Autobahn treiben?«

Puh, Glück gehabt.

Lea war vielleicht exzentrisch, aber anscheinend nicht völlig kopflos.

Dachte ich, bis sie ein Brecheisen aus der lachsfarbenen Stofftasche zog, nach vorne zur Fahrerbox ging und das Beifahrerfenster einschlug.

13. Kapitel

Zum Glück standen wir im Schutz des Lkw, und eine vermüllte, schneebedeckte Hecke versperrte auch den Insassen der vorbeijagenden Autos auf der A9 die Sicht.

»*Das* nennst du eine letzte, klitzekleine Sache zum Abschluss?« Ich wollte gehen, aber Lea hielt mich an der Hand fest.

»Warte bitte kurz.«

Und ich Trottel gehorchte.

Lea kletterte die Trittstufen zum Führerhaus nach oben und fasste durch die eingeschlagene Beifahrerscheibe, um die Tür zu öffnen.

»Ich dachte, du willst die Tiere *nicht* befreien«, rief ich entsetzt von unten.

»Tue *ich* auch nicht.« Sie verzog das Gesicht, als hätte sie Kopfschmerzen, aber das lag vermutlich nur am Wind, der ihr wie mir gerade in die Augen blies. Vorsichtig stieg sie wieder herunter. »Das übernehmen andere.«

»Wer?«

Ich hörte, dass sich ein Fahrzeug näherte, und folgte Lea zur Fahrerseite des Lkw in der ängstlichen Gewissheit, gleich vor einem Polizeiwagen zu stehen, aus dem ein beleibter Beamter, der zu viele Texas-Highway-Patrol-Filme geschaut hatte, kaugummikauend und schlagstockschwingend aussteigen würde, um uns zu verhaften.

Okay, vielleicht hatte *ich* zu viele dieser Streifen inhaliert, denn es näherte sich lediglich ein grüner Van. Ein Mann saß am Steuer, eine Frau auf dem Beifahrersitz. Er betätigte die Lichthupe, und Lea winkte lächelnd zurück.

»Wer ist das?«

»Tetra«, sagte Lea, und ich sah sie verständnislos an.

»Eine Tierrechtsorganisation. Ich hab sie angerufen, als der Quällaster hier einparkte und du mit Yvonne rumschmonzetten musstest.«

Der Van hielt in einer Lkw-Bucht. Bei laufendem Motor stiegt der Fahrer aus, ein Mann undefinierbaren Alters, dessen Haare so verfilzt waren, dass sie ihm wie Rastazöpfe vom Kopf baumelten. Die Frau wechselte innen auf die Fahrerseite und fuhr davon.

»Bist du Lea?« Seine Haut war so bleich, dass ich Angst hatte, gleich durch ihn hindurchzusehen.

»Die bin ich.«

»John, wir haben telefoniert.«

John hatte einen holländischen Akzent, der ihn mir sympathisch machte, einfach weil ich ein großer Amsterdam-Fan bin, und das nicht wegen dem, woran Sie jetzt denken. Ich nehme keine Drogen, auch wenn sich meine Erlebnisse gerade so anfühlten, als hätte ich vorhin nicht auf einem Burger, sondern auf einem LSD-Brikett herumgekaut. Alles war total unwirklich: das eingeschlagene Fenster, das Grunzen und Quieken der Schweine, der durchsichtige Holländer.

Ich beugte mich zu Lea und flüsterte ihr ins Ohr: »Was, verdammt noch mal, ist hier der Plan?«

»Na was wohl?« Sie antwortete etwa in dreifacher Lautstärke. Völlig ungeniert sagte sie: »Er klaut den Laster und fährt die Tiere zu einem Gnadenhof.«

Okay, danke. Das war's. Ich bin raus.

»Wo willst du hin?«, rief Lea mir hinterher, denn selbstverständlich war ich sofort gegangen.

Allerdings machte ich den Fehler, kurz stehen zu bleiben, als sie immer lauter hinter mir herbrüllte. »Was hast du vor?«

»Wonach sieht es aus? Ich hau ab.«

»Wieso denn?«

»Hm, lass mich nachdenken.« Ich imitierte eine Denkerpose, indem ich den Kopf zur Seite neigte und den Mund hinter einem L versteckte, das ich mit Daumen und Zeigefinger bildete. »Vielleicht, weil ich nicht dabei sein will, wenn du wegen Sachbeschädigung und Diebstahl verhaftet wirst?«

»Wieso sollte das passieren?«

Ich sah auf meine Armbanduhr. Neun Uhr fünfundfünfzig.

»Nun, was glaubst du denn, wie lange es dauert, bis der Fahrer entdeckt, dass sein Laster nicht mehr an Ort und Stelle steht?«

»Ach, i wo!« Lea winkte lachend ab. »Das hab ich doch alles geregelt.«

Ich erinnerte mich an ihre Auseinandersetzung mit der Jogginghose. Entsetzt sah ich in ihre grünen Augen. Mein Blick wanderte zum Rasthof. Dann wieder zu ihr. Und mit jedem Richtungswechsel blickte ich schockierter.

»Da liegt jetzt nicht ein Trucker im Trainingsanzug geknebelt auf dem Damenklo?«

Leas Zähne blitzten beim Lachen, und mir fiel zum ersten Mal auf, wie weiß sie waren. Unwillkürlich wurden meine

Lippen schmal, da ich an die unzähligen Kaffeeexzesse im Lehrerzimmer denken musste, die für die entsprechende Patina auf meinen gesorgt hatten.

»Du hast eine lebhafte Fantasie, Livius. Vielleicht solltest du es nicht mit einem Ratgeber, sondern lieber mit einem Roman versuchen.«

»Sag du mir lieber, wie du auf die Idee kommst, dass dein Thriller hier ein Happy End hat«, forderte ich sie auf.

»Weil ich mit Fritz alles geregelt habe.«

»Ist Fritz der Kerl, der uns die Segeltuchtasche gebracht hat?«

»Nein, das ist Franz. Sein Bruder im Blaumann. Fritz ist der im Asijogger.«

»Aha, na dann ist ja alles geklärt.« Ich wandte mich wieder zum Gehen und wollte zu unserem BMW, vor den sich mittlerweile ein Wohnwagen geschoben hatte.

»Fritz fährt den Truck. Sein Bruder fährt ihm freundlicherweise in seinem eigenen Auto hinterher – für den Fall, dass der Truck wieder liegen bleibt wie bei der letzten Fahrt. Franz ist nämlich Automechaniker, weigert sich aber, bei Fritz mitzufahren, weil es ihm da drinnen zu sehr stinkt. Ich hab mit den beiden gedealt und ihnen die Schweine abgekauft.«

»Abgekauft?« Ich blieb wieder stehen.

»Ja.«

»Den gesamten Lkw?«

»Nee, den stellt John nachher irgendwo ab, wo die Spedition ihn findet. Nur die Schweine.«

»Nur? Nur ein paar Dutzend Schweine?«, kiekste ich.

»Genau genommen sind es vierundvierzig, ja.«

»Und eines davon kostet …?«

Sie wiegte den Kopf, was ihr Haarbündel gefährlich zum Schwanken brachte. »Circa hundertdreißig Euro ist der Marktwert für ein schlachtreifes Exemplar zurzeit. Wusstest du, dass ein Bauer nach Abzug seiner Kosten nur einen Erlös von sieben Euro fünfzig behalten darf? Ist das nicht krank?«

Ja, da hatte sie recht. Meiner Meinung nach sollte Massentierhaltung ohnehin verboten werden, damit prinzipienlose Menschen wie ich gar nicht mehr auf die Idee kommen konnten, mit Kleberpampe durchwässertes Antibiotikafleisch herunterzuwürgen. Aber einerseits war das jetzt nicht der richtige Zeitpunkt, um über ökologische Fußabdrücke zu diskutieren. Andererseits kam man selbst bei einem Dumpingpreis von hundertdreißig Euro summa summarum auf einen Frachtwert von fünftausendsiebenhundertzwanzig Tacken, und ich fragte mich, woher sie so viel Geld für Fritz und Franz aufgetrieben hatte. Ganz abgesehen von der winzigen Kleinigkeit, dass die beiden Brüder ja wohl kaum die verfügungsberechtigten Eigentümer über das Nutzvieh sein konnten.

»Wir haben uns auf Naturalien geeinigt«, klärte Lea mich auf.

»Naturalien?«, echote ich verständnislos.

Wenigstens schien ihr Kampf mit der Stewardess um den Seesack jetzt Sinn zu ergeben. Ich erinnerte mich, dass sie irgendein restauriertes Kunstwerk als Weihnachtsgeschenk für einen Freund nach Hause bringen wollte.

»Was im Gegenwert von knapp sechstausend Euro hast du denn in deinem Handgepäck mit dir rumgeschleppt?«

»Gar nichts.«

»Und wie hast du sie bezahlt?«

Lea klimperte übertrieben kokett mit den Wimpern und

sagte in Lolita-Manier: »Versprich mir, dass du nicht böse wirst, wenn ich es dir verrate, Daddy.«

Ein Gedanke durchzuckte mich, so heftig und schmerzend, als hätte mein Zahnarzt mit seinem Bohrer einen blanken Nerv getroffen.

Ich sah mich um. Lief wieder los. Blieb stehen. Drehte mich um wie ein Spielzeugroboter, dem es die Sicherungen rausgeschossen hatte.

»Nein«, sagte ich nur und starrte Lea fassungslos an.

Sie zuckte mädchenhaft mit den Achseln. »Sieh nur, Fritz und Franz gehört die Ladung doch gar nicht. Wir müssen also so tun, als ob wir sie ihnen geklaut hätten. Dafür brauchte es etwas mehr als nur sechstausend Euro. Schließlich müssen die beiden brav wegschauen, bis John verschwunden ist.«

»Nein, bitte nicht«, wiederholte ich und ging weiter.

Näherte mich der Stelle, wo ich unseren Mietwagen geparkt hatte. Hinter dem Wohnwagen. Den ich umrundete.

»Doch«, sagte sie und bestätigte mir das Unfassbare, das ich gerade zu erfassen versuchte.

Kein BMW mehr.

Ein leerer Stellplatz.

AS

14. Kapitel

Du hast einen mit meiner Kreditkarte gemieteten Hundertzwanzigtausend-Euro-BMW gegen vierundvierzig Schweine eingetauscht?«

»Vierundvierzig Schweine und ein Brecheisen.«

Ja, tatsächlich. Das war die Antwort. Kein Witz.

Ich war in einem True-Crime-Magazin mal auf ein Interview mit einem Kriminalpsychologen gestoßen, der behauptete, dass jeder Mensch unter gegebenen Umständen zu einem Mord fähig sei. Nun, ich konnte die These bestätigen, ich hatte soeben diesen Zustand erreicht.

»Jetzt guck doch nicht so böse. Heute ist unser letzter Tag.«

»Nein, ist er nicht.« Ich war etwas lauter geworden. Die Arme über dem Kopf verschränkt, drehte ich mich um die eigene Achse.

War er es vielleicht doch?

Als ich heute Morgen aufgewacht war und noch nicht hatte ahnen können, dass mit Lea der personifizierte Wahnsinn in mein Leben treten würde, hatte ich eigentlich geplant, diesem Tag noch sehr viele weitere und schönere folgen zu lassen. Aber jetzt?

Ich kiekste hysterisch. »Kann es sein, dass du deinen

dummen, hypothetischen Test wirklich real werden lassen und mich in den Suizid treiben willst?«

»Ach komm, das ist doch jetzt kein Grund zur Aufregung.«

»Kein Grund? Da fällt mir jetzt aber wirklich ein Stein vom Herzen, dass du das sagst. Danke sehr. Ich hätte sonst echt nicht gewusst, was ich sagen sollte, wenn die Polizei mich fragt, wie es sein kann, dass die beiden Schweinetreiber behaupten, wir hätten ihnen das Dreihundertsechzig-PS-Geschoss für etwa zweitausend Schnitzel freiwillig überlassen. Die brauchen doch nur eine kurze GPS-Recherche, dann nehmen sie den Mietwagen hops. Aber hey, ich sag einfach nur: ›Das ist doch kein Grund zur Aufregung‹, und dann wird sich alles in Wohlgefallen auflösen.«

Lea rollte mit den Augen. »Schon vergessen? Franz ist Mechaniker. Das GPS-Dingsda hat er längst kurzgeschlossen. Wir ziehen jetzt erst einmal weiter und melden die Karre als gestohlen, sobald wir in Hamburg sind.«

Hamburg? Ernsthaft?

»Und wie das? Wie sollen wir dahin kommen? Wollen wir vielleicht AUF EINEM VERDAMMTEN SCHWEIN NACH HAMBURG REITEN?«, schrie ich sie an.

»Brauchen Sie Hilfe?«, schaltete sich eine Stimme von der Seite ein. Sie gehörte zu der Frau mit dem Kinderwagen, die nun denken musste, dass bei mir endgültig eine Einweisung nötig war. Gerade noch hatte sie mich etwas von einem Fantasie-Stau faseln hören, und nun musste sie miterleben, dass ich auf einem Mastvieh Richtung Norden jockeln wollte.

»Wir kommen klar, aber danke, dass Sie wachsam sind. Besser einmal zu viel als einmal zu wenig einschreiten«, lächelte Lea die Mutter weg, die vermutlich nicht so leicht von uns abgelassen hätte, wenn ihr Säugling nicht angefangen hätte, sich die Seele aus dem Leib zu brüllen. Offenbar war das Baby ein Partner im Geiste.

Mit einem »Reg dich nicht so auf!« brachte Lea mich noch mehr auf die Palme, doch ich verschluckte mich vor Wut, und sie nutzte die Pause, zu der mich mein Hustenanfall zwang, um den Irrsinn noch zu toppen. Einfach indem sie sagte: »Ich hab doch mitgedacht. Glaubst du wirklich, ich lass uns hier an der A9 im Regen stehen?«

Ich blickte zum Transporter, der gerade anfuhr. Wenn Lea auch die Zündschlüssel von Fritz rausgedealt hatte, war John eine ziemlich lahme Socke. Wenn nicht, ein sehr flinker Lkw-Kurzschließer.

»Die liebe Lea hat klug verhandelt. Es ging hoch her, das kann ich dir sagen, aber schließlich hat Fritz noch was für uns draufgelegt.« Sie schaffte es tatsächlich, mich wie ein Schüler anzusehen, der Lob für ein fehlerfrei vorgetragenes Gedicht erwartete.

»Zusätzlich zum Brecheisen?«

»Ja.«

»Sag jetzt bitte nicht, diesen schon auf fünfzig Meter erkennbar auseinanderfallenden Schrottkleinstwagen.«

Und doch, genau das sagte sie:

»Jetzt bitte nicht, diesen schon auf fünfzig Meter erkennbar auseinanderfallenden Schrottkleinstwagen.«

AS

15. Kapitel

Was hätten Sie getan?

Die Polizei gerufen? Die Autovermietung davon in Kenntnis gesetzt, dass Sie eine Fahrgemeinschaft mit einer Durchgeknallten gebildet haben, was Ihnen aber erst aufgefallen ist, nachdem Sie nach einem missglückten Enkeltrick mit ihr gemeinsam aus einem Altersheim hatten fliehen müssen?

Ja, vermutlich hätten Sie das getan, wenn Sie nicht wie ich von Franz persönlich auf dem Parkplatz erst eine Faust ins Gesicht und danach den Ellbogen in den Nacken gedrückt bekommen hätten.

Aber der Reihe nach.

Als ich zurück zum Rasthof ging – die Warteschleifenmusik der Mietwagenfirma im Ohr, deren Nummer ich gerade gewählt hatte –, wurde ich noch vor der Schwelle der elektrischen Eingangstür am Kragen meiner Winterjacke zurück ins Kalte gezerrt.

»Hey, was zum Teufel …?«

»Livius, altes Haus. Was machst du denn hier?« Zwei-Meter-fünfzig-Franz tat so, als wären wir alte Bekannte, von denen der eine (ich) es liebte, zur Begrüßung in den Schwitzkasten genommen zu werden und das Haar durchgewuschelt zu bekommen. Damit ich die uns beäugenden Passanten nicht um Hilfe anflehen und somit sein Täuschungsmanöver zum Einsturz bringen konnte, schlug der Mechaniker mir einmal gegen die kurze Rippe. Danach konnte und wollte ich fürs Erste gar nichts mehr sagen, nur meinen Schmerz hinausschreien, aber selbst das war mir nicht möglich.

Atemnot in Reinkultur. Auch eine Erfahrung, auf die ich gerne verzichtet hätte. Nun, wie Sie ja schon wissen, war das erst der Auftakt. Kaum hatte Franz mich um den Leichtmetallbau des Rasthofrestaurants herumgeführt, außerhalb jeder Sichtkontrolle durch etwaige Reisende mit Zivilcourage, folgte der Schlag ins Gesicht, gefolgt von dem Knie, das mich am Boden hielt.

»Solltest du die Polizei rufen, bevor wir den BMW über die Grenze geschafft haben, bist du erledigt. Deine Tussi hat mir nicht nur die Wagenschlüssel aus deiner Jackentasche besorgt, sondern auch deinen Ausweis. Ich weiß, wie du heißt, Livius Reimer. Ich weiß, wo du wohnst, Waitzstraße 10. Ich komme vorbei und bringe dich um. Oder ich schicke jemanden mit einem Lötkolben, der das erledigt. Haben wir uns verstanden?«

Ich versuchte zu nicken, was einem – wenig überraschend – nicht ganz so gut gelingt, wenn sich einem hundertzwanzig Kilo in den Nacken bohren.

Aber hey, kein Problem. Denn es war ja Hilfe im Anmarsch.

Eine Unterstützung allerdings, auf die ich rückblickend sehr gerne verzichtet hätte.

Denn es war Lea, die Franz mit den gebrüllten Worten »Ich mach dich fertig, du Wichser!« immerhin dazu brachte, von mir runterzusteigen. Dann machte sie den Hubschrauber. In jeder Hand eine der Plastiktüten, in die ich die Überreste meines aufgeplatzten Koffers gestopft hatte, schwang sie die Arme rotorgleich und drehte sich dabei im Kreis.

»Lass. Ihn. In. Ruhe.«

Mit jedem Wort schlug eine der Tüten gegen den Brustkorb des Blaumann-Riesen, mit der einzigen Wirkung, dass sie mit jedem Treffer immer weiter aufplatzten, bis sich schließlich unter dem dröhnenden Gelächter von Franz ihr gesamter Inhalt auf dem dreckigen Schnee hinter der Raststätte verteilte.

Die leichte Wäsche wurde vom Wind in alle Richtungen verweht, eine Unterhose etwa landete auf meinem anschwellenden Gesicht. Die schwereren Klamotten sorgten für weitere Erheiterung.

»Ein Bärchenpulli? Ernsthaft?«, brüllte Franz lachend und trat das Geschenk meiner Mutter mit seinen Arbeiterstiefeln noch tiefer in den Schlamm. Dann bückte er sich. »Aber den Stephen King hier kenne ich noch nicht«, sagte er, hob ihn auf und – das war die einzig gute Nachricht für den Moment – ging pfeifend davon.

AS

16. Kapitel

Also rief ich nicht die Polizei. Und ich versuchte es auch kein zweites Mal in der Warteschleife der Autovermietung, die ein bösartig veranlagter Sadist mit der Playlist gefüttert hatte, die in Guantanamo für Folterzwecke benutzt wurde.

Beschämt, verletzt, beklaut und – ja, ich gebe es zu – selbst für meine Verhältnisse äußerst verzweifelt, wollte ich nichts anderes als den Ort des Schreckens so schnell wie möglich verlassen.

Ich überlegte kurz, mich mit einem Pappschild an die Ausfahrt zu stellen, aber bei meiner heutigen Glückssträhne würde ich als Anhalter an den einzigen Triebtäter geraten, der sich mit Kindersitz auf der Rückbank als harmloser Familienvater tarnte, in Wahrheit aber hilflose Lehrer in seiner Garage mit einem Kartoffelschäler häutete. Zudem fing es an zu schneien.

Vorerst sah ich also keine andere Wahl, als in jene Ansammlung von Blech, Schrauben und Plastik zu steigen, die bis vor einer halben Stunde noch von Franz gefahren worden war und vielleicht tatsächlich anno dazumal ein Auto dargestellt hatte. Heute jedoch taugte sie nur noch als rostiger Beweis dafür, dass diese Fahrzeuge aus den Internet-

Videos in fernen Ländern, die nur mit Strick und Sekundenkleber zusammengehalten wurden, tatsächlich existierten. Ich zumindest saß gerade in einem. Und blieb die nächsten fünfundfünfzig Kilometer vorerst Beifahrer. Eine Strecke, für die wir mit dem Mietwagen sicher nur die Hälfte der Zeit gebraucht hätten.

Aber hey, verglichen mit dem BMW war das Fahrgefühl gar nicht so anders. Vorausgesetzt, man war bewusstlos und reagierte selbst auf extreme Reize nicht einmal mehr mit einem Augenzucken. Jeder andere, wie ich zum Beispiel, bekam in der Organspenderschleuder aufgrund der katzenkloartigen Enge akute Atemprobleme. Zudem war ich versucht, meine Tür an dem mit Paketklebeband befestigten Plastikgriff festzuhalten, weil sie noch lauter klapperte als der Motor.

»Tut mir leid«, sagte Lea, während sie den Scheibenwischer einstellte. Immerhin einer der beiden Wischer funktionierte, schubberte aber nur auf meiner Seite gegen den Schneeregen an, der uns von München kommend eingeholt hatte.

»Tut mir wirklich leid.«

Ich winkte ab. »Ach du, Schwamm drüber. Ist ja nicht so, als hätte mich der Vorsitzende der Viehtreibermafia erst zusammengeschlagen und mir dann einen qualvollen Tod in Aussicht gestellt, sollte ich ihm keine Beihilfe zum Mietwagenklau leisten.«

»Nee, ehrlich. Ich hasse Gewalt.«

»Ach ja? Das ist mir jetzt noch gar nicht aufgefallen.«

Sie warf mir einen wütenden Blick zu. »Mach mal halblang, *ich* hab dich doch nicht verdroschen. Ich hab dich sogar gerettet!«

Sie rutschte etwas zu mir herüber, um eine bessere Sicht durch meine frei gewischte Hälfte zu haben.

»Wo du jetzt in Hörweite bist«, sprach ich ihr direkt ins Ohr. »Ich hab da vielleicht was für dein Poesiealbum: Gewalt beginnt im Denken, geht über in die Sprache, formiert sich gegen Sachen und mündet irgendwann in körperliche Schädigungen. Denk mal drüber nach: Schweinediebstahl und Mietwagenunterschlagungen sind auch Gewalt.«

Sie schüttelte den Kopf, was zur Folge hatte, dass ich ihrer Puschel-Frisur ausweichen musste, wenn ich von ihrem Deckhaar nicht geohrfeigt werden wollte. Etwas, das mich in Anbetracht meines schmerzenden Schädels womöglich endgültig ausgeknockt hätte.

»Seh ich nicht so. Das ist doch nur Geld.«

»Nur Geld?« Ich lachte hysterisch auf. »So was kann auch nur eine verwöhnte Wohlstandsgöre plappern, die noch nie Geldprobleme hatte.«

Sie verlagerte ihr Körpergewicht wieder nach links und kurbelte das Fenster herunter.

Kurbel! Ja, Sie haben richtig gelesen. Ein Wunder, dass sie den BMW für Franz nicht noch vollgetankt hatte, bei so viel Luxus, den wir jetzt nach unserem Tausch genießen durften.

»Wie oberflächlich bist du denn bitte? Ich hab es dir schon an dem ersten Blick angesehen, den du mir zugeworfen hast. In deinen Augen bin ich eine verzogene, unreife und lebensuntüchtige Tussi, die auf dem Ticket ihrer Eltern durchs Leben reist. Aber lass dir eins gesagt sein: Du kennst mich nicht. Alles, was du von mir weißt, beruht auf Vorurteilen und Mutmaßungen.«

Ich lachte hysterisch auf. »Klar, ich war ja nicht dabei, wie du erst ein Altenheim ins Chaos gestürzt und dann innerhalb weniger Minuten Delikte begangen hast, die im Strafgesetzbuch mehrere Seiten füllen. Alles reine Mutmaßungen, so wie das hier.« Ich zeigte auf die Beule in der Form einer Bowlingkugel, die mir über dem rechten Auge anschwoll.

Sie nickte zerknirscht und sah auf einmal wieder müde und verletzlich aus. »Ja. Dass du vermöbelt wurdest, war blöd. Und fürs Protokoll: Ich hab ihm deinen Ausweis nicht gegeben. Als ich den Transporter einfahren sah, hab ich schnell deine Jacke genommen, weil ich sie nicht im Restaurant nach dem BMW-Schlüssel durchwühlen wollte. Als ich ihn dann draußen aus der Tasche gezogen hab, ist deine Brieftasche rausgefallen, und ihr Inhalt hat sich vor Franz auf dem Boden verteilt. Er hat deine Karten zusammengeklaubt und dabei offenbar deinen Ausweis studiert, bevor er mir dein Portemonnaie zurückgegeben hat.«

»Schön, dann weiß ich jetzt zumindest, wie die Lötkolben-Killer an meine Adresse gekommen sind, sollten sie zeitnah vorbeischauen. Sehr beruhigend.«

»Wie gesagt, das war blöd. Aber wegen des Mietwagens musst du jetzt keine große Welle schieben.« Sie streckte den Arm aus dem Fenster, um die Windschutzscheibe mit einem Taschentuch von gröberen Schnee- und Eisteilchen zu befreien.

»Keine große Welle? Ich hocke hier in einer fahrbaren Nähmaschine und bereite mich in Gedanken darauf vor, dass mir bald ein Aggro-Bulle während einer Vernehmung mit einer Stroboskoplampe direkt ins Gesicht blitzt. Wobei …« Ich hielt inne, als wäre mir ein erlösender Gedanke gekommen, und verfiel in einen sarkastischen Tonfall: »Moment mal, ich brauch dann ja nur die Standard-Entschuldigung vorzubringen, die Menschen wie du immer in petto haben, wenn sie fremdes Eigentum zerstören: ›Es ist ja nur Geld.‹«

Die Autobahn machte eine Kurve mit der Folge, dass der Schneeregen jetzt direkt durchs Seitenfenster hereinwehte.

Die Temperatur im Inneren passte sich meiner Stimmung an und pendelte sich auf dem Nullpunkt ein, als Lea wieder ansetzte: »Ach, hab dich nicht so, wir haben doch nur gewettet, und im Grunde genommen sind die Trottel vom Mietwagenverleih selbst schuld. Ich meine, die legen es doch geradezu darauf an, bei dieser Wette über den Tisch gezogen zu werden.«

»Hä?«

»Schau mal, wenn man es genau betrachtet, sind Mr. Sixt oder Frau Avis, Harry Europcar oder Hannah Hertz oder wie sie sonst alle heißen doch nicht ganz bei Trost. Die verdienen es im Grunde, das Auto gar nicht mehr zurückzubekommen.«

»Darf ich kurz fragen, wieso?«

»Na, was hast du denn der Firma als Sicherheit für den vollausgestatteten Protzschlitten gegeben?«

»Zwölfhundert Euro!«

»Quatsch. Eine Plastikkarte im Materialwert von vielleicht einem halben Cent, und das auch nur für wenige Sekunden, in denen der Mitarbeiter sie am Schalter ins Kartenlesegerät stecken durfte.«

Ich fühlte mich wie in der Vertretungsstunde, die ich im Fach Sachkunde mal für einen Kollegen halten musste, während Lea mir erläuterte: »Früher entsprach das Geldstück genau dem Wert, der auf ihm draufstand. Ein Goldtaler war eben ein Goldtaler. Heute könnten wir im Grunde auch Monopoly-Scheine austauschen, wären die nicht so leicht zu fälschen. Wir schieben also objektiv komplett wertloses Papier hin und her, Tag für Tag, sei es beim Bäcker, im Supermarkt, an der Tankstelle, wo auch immer. Und Tag für Tag wetten wir mit komplett Unbekannten darauf, dass die mit diesem bunten Stück Papier wiederum eine Wette mit anderen Unbekannten eingehen können.«

»Wunderbar erkannt. Das nennt sich modernes Wirtschaftssystem. Wir müssen nicht mehr ein Huhn schlachten, um beim Apotheker ein Nasenspray zu bekommen.«

»Nein, wir schieben dafür Einsen und Nullen durch digitale Leitungen und fangen erst dann an zu arbeiten, wenn sich eine virtuelle Zahl auf unserem in Wahrheit gar nicht existierenden Konto in eine ganz bestimmte Richtung verändert. Wie krank ist das denn?«

Ich bat sie, das Fenster wieder hochzukurbeln, wenn sie nicht wollte, dass wir die ersten Menschen wären, die bei voller Fahrt im Inneren eines Autos ertranken.

Sie tat mir den Gefallen und rückte mir wieder auf die Pelle.

»Erst gestern hat es in der Zeitung gestanden: Für die Renovierung unserer Schulen fehle es den meisten Kommunen an Geld. So ein Schwachsinn. Geld ist immer da. Es ist ja nie weg. Erinnerst du dich noch an den zweiten Lockdown zu Beginn des Jahres 2021? Keiner ging mehr einkaufen, niemand war mehr im Restaurant, kaum einer verreiste, von den shitstormsüchtigen Influencern mal abgesehen, die Dubai fluteten. Es gab außer im Onlineshopping kaum mehr eine Möglichkeit, sein Geld unter die Leute zu bringen. Allein die Modeläden blieben auf Millionen von Kleidungsstücken sitzen, es hieß, es wurde noch nie so wenig Geld ausgegeben. Aber wo war es geblieben?«

Sie bekam rote Hektikflecken in ihrem sonst so blassen Gesicht und gab sich selbst die Antwort: »Es war immer noch da. Ha! Diese bunten Scheine, Geldstücke, die weniger Materialwert als Modeschmuck im Ein-Euro-Shop haben, auch die blinkenden Zahlen auf dem Online-Kontostand – alles war noch vorhanden.«

Ich forderte sie auf, endlich mal wieder auf die Fahrbahn zu schauen, auch wenn diese durch die nasse Windschutzscheibe eher wie ein abstraktes Kunstwerk denn eine befahrbare Asphaltstrecke aussah. Der eine Scheibenwischer, dessen Gummierung das letzte Mal vermutlich im Dreißigjährigen Krieg gewechselt worden war, tat sein Bestes, aber das entsprach in etwa der Leistung, die man in einem Arbeitszeugnis mit »Er bemühte sich redlich« beschreiben würde. Also gleichbedeutend mit: »Wer den beschäftigt, dem ist nicht mehr zu helfen.«

»Nun erklär mir mal: Wenn das Geld im Lockdown noch da war, wieso hat es niemand ausgegeben?«, nahm Lea den Faden wieder auf.

»Hast du doch selbst gesagt. Weil man es nicht konnte.«

»Quatsch. Du hättest deinem Friseur doch alle zwei Wochen einfach was überweisen können.«

»Ohne Gegenleistung?«

»Gegenleistung wofür? Dafür, dass du eine fucking Zahl auf seinem fucking Konto verändert hast?«

Ich merkte, worauf sie mit ihrem überspitzten Gedankenspiel hinauswollte.

»Du meinst, wenn jeder den Geldfluss am Laufen gehalten hätte, wäre uns so manche Insolvenz erspart geblieben?«

»Genau. Wir sind doch alle trainiert wie pawlowsche Hunde. Wir fangen erst an zu arbeiten, wenn das Geld-Glöckchen klingelt. Dabei wäre Geld in einer idealen Gesellschaft gar nicht nötig.«

Sie seufzte. »Ja, verdreh du nur die Augen. Aber das hat nichts mit Kommunismus zu tun, sondern ist für mich die logische Fortsetzung des Kapitalismus. Das Problem des reinen Sozialismus ist, dass alle sich nur mit dem Nötigsten begnügen sollen. Das sehe ich komplett anders: Alle sollten stets das Beste bekommen.«

»Was voraussetzt, dass alle stets ihr Bestes geben, und das tun sie eben nur, wenn sie Geld dafür bekommen.«

»Nei–en.« Sie zog die Silben dieses ohnehin schon hässlichen Wortes in die Länge wie eine Vierjährige, die ihre Süßigkeiten nicht mit der Schwester teilen will. »Uns muss zunächst nur mal klar werden, dass wir dressiert sind. Und dass es auch anders ginge.«

»Und wie?« Ich hätte nicht nachfragen, sondern sie besser darauf hinweisen sollen, dass wir zum ersten Mal jemanden vor uns hatten, der noch langsamer fuhr als wir. Ironie des Schicksals. Ein weiterer Tiertransporter. Zum Glück hatte sich Lea gerade so in Rage geredet, dass sie ihn beim Überholen gar nicht bemerkte. Mangels weiterer Tauschgegenstände wäre sie womöglich auf die Idee gekommen, diesen hier von der Fahrbahn zu drängen und im Anschluss zu kidnappen.

Oder hieß das dann *Pignapping?*

Stattdessen fuhr sie mit ihrem Vortrag fort: »Du könntest deinen Lehrerjob ohne Bezahlung machen, wenn du wüsstest, dass du keine Miete zu zahlen brauchst. Deine Vermieterin oder dein Vermieter bräuchte keine Einnahmen, wenn sie oder er ins Autohaus gehen und sich das neueste Modell for free aussuchen könnte, das von den VW-, Porsche-, Audi- und Mercedes-Menschen dieser Welt komplett gratis gebaut wurde, weil die wiederum ebenfalls keine Kosten haben. Jeder gibt einfach sein Bestes, und nicht erst dann, wenn ihm ein Stück Papier, Metall oder Plastik in die Hand gedrückt wird.«

Hm ja, ne. Ist klar.

»Also soll ich der Mietwagenfirma sagen, dass wir beiden Hübschen schon mal angefangen haben, am Beispiel ihres Hundertzwanzigtausend-Euro-Wagens deine Kapitalismus-Utopie auszuprobieren, und dass sie, weil das gerade so gut flutscht, drüber nachdenken sollten, ob sie nicht ab morgen ihren gesamten Fuhrpark gratis vermieten wollen? Immerhin bringen wir ihnen ja eine Blechschüssel im Gegenwert einer halben Diesel-Tankfüllung wieder zurück.«

Sie nickte. »In einer idealen Welt würden sie das akzeptieren.«

Ich tippte mir an die Stirn. »In einer Welt, die du für ideal hältst, würden schon morgen früh Zigtausende die Mietwagenverleiher stürmen und für Tumulte sorgen, im Vergleich dazu ist das, was sich heute früh am Münchener Flughafen abgespielt hat, die Vorstellungsrunde bei einer PEKiP-Gruppe. Und wenn dann kurz vor Ladenschluss nur noch eine einzige Karosse übrig ist, Hunderte aber noch in der Schlange stehen, setzt das Faustrecht ein mit der Folge, dass noch mehr Menschen so vertrimmt durch die Gegend laufen wie ich.«

Sie blieb stumm, was mir Zeit gab, ihr mein Fazit vor den

Latz zu ballern: »Deine ›Wir alle geben kostenlos das Beste‹-Theorie krankt daran, dass sie das Gewaltmonopol des Staates außer Kraft setzt und direkt in die Anarchie führt. Nicht mehr der Tüchtigste, sondern der Stärkste sitzt dann vorne in der Businessclass oder lebt im Haus am See.«

Sie schüttelte in gespielter Fassungslosigkeit den Kopf. »Ich bitte dich. Der Tüchtigste? Seit wann hat denn der Platz an der Sonne etwas mit Gerechtigkeit zu tun? Nur ein Beispiel: Heute können meist nur Erben das Spielgeld aufbringen, das sie für die Finanzierung eines Eigenheims brauchen.«

»Und das Spielgeld soll jetzt durch Muskeln ersetzt werden? Siehst du nicht, wohin das führt?« Ich zeigte auf mein zugeschwollenes Auge, doch sie sah gar nicht hin.

Stattdessen rückte sie von mir ab, presste sich die rechte Hand auf den Bauch und wirkte auf einmal sehr verkrampft.

»Alles okay?«

»Ja, nein … ich weiß nicht.«

Nachdem sie mir alle Antwortmöglichkeiten auf einmal gegeben hatte, war ich nicht viel schlauer, doch ihr Gesicht sprach eine eindeutige Sprache. Schweißperlen auf der Stirn. Fahrige Augen.

Von einer Sekunde auf die andere wirkte sie noch blasser als Holländer-John, was für sich schon als ein Wunder gelten konnte. Ein sehr schmerzhaftes allerdings, wenn ich ihren verzerrten Mund richtig deutete.

»Was hast du? Magenkrämpfe?«

»Der Shake muss schlecht gewesen sein«, keuchte sie.

Sie wich, ohne zu blinken, nach rechts auf die Standspur aus. Für einen Moment befürchtete ich, dass wir stehen bleiben und ich sie womöglich wiederbeleben müsste, wenn sie weiterhin so rapide abbaute. Oder, noch schlimmer, dass sie sich in den Innenraum erbrach. (Ja, ich weiß, Galgenhumor. Ich kann Sie beruhigen, es geschah beides nicht!) Kurz darauf entdeckte ich das Schild, das sie offenbar schon sehr viel früher als ich gesehen hatte und das in fünfhundert Metern einen Rastplatz versprach.

17. Kapitel

Wenn es noch eines Beweises bedurft hätte, dass Leas Theorie vom bedingungslos Höchstleistung abliefernden Menschen in der Praxis nicht funktionierte, hätte es genügt, einfach nur der Rastplatztoilette Sperbes Ost einen Besuch abzustatten. So wie ich es gerade tat.

Nachdem wir vor einem sechseckigen Kieselwaschbeton-Toiletten-Bungalow gehalten hatten, war Lea langsam aus unserem Möchtegern-Auto ausgestiegen, sogar ohne dabei die Fahrertür abzureißen, die auf ihrer Seite ebenso wackelig in den Angeln hing wie auf meiner.

Lea hatte den Kofferraum geöffnet, in dem neben ihrem Seesack nicht einmal mehr ein Zahnstocher Platz gefunden hätte, und ihm einen Kulturbeutel entnommen. Über mein Gepäck musste ich mir ja keine Gedanken mehr machen. Obwohl, bei meiner »Glückssträhne« heute fürchtete ich mich eigentlich vor der Durchsage im Radio, dass sich ein nasser Bärchenpulli bei voller Fahrt auf die Windschutzscheibe eines Reisebusses gelegt hatte.

Nachdem sich Lea ihren Jackenärmel über die Hand gezogen hatte, mit der sie die Stahltür des WC-Häuschens zwar öffnen, aber nicht wirklich berühren wollte, hatte ich beschlossen, mir die Wartezeit zu verkürzen, indem ich ebenfalls die Örtlichkeiten aufsuchte. Und eben hier wurde mir wieder einmal drastisch vor Augen geführt, welch großen Unterschied wenige Cent ausmachen können.

Im Grunde war es ja schon absurd, dass Supermarktkunden ohne Murren einen im leeren Zustand noch immer hundert Euro teuren Einkaufswagen den ganzen Weg vom Parkplatz wieder zur Sammelstelle zurückschoben, nur um einen kleinen Plastikchip wiederzubekommen. Noch frappierender aber war es, dass diese Taktik sogar noch besser funktionierte, wenn man *nichts* zurückerhielt, sondern – im Gegenteil – etwas löhnen musste! Sobald man nämlich auf einer Raststätte gezwungen war, einen Automaten mit Geld zu füttern, kam man hinter der Schranke gar nicht erst auf die Idee, auf den Boden statt ins Urinal zu pinkeln. Und – jetzt wird es crazy – man spülte sogar in der Kabine, sollte sich der Klodeckel nicht bereits von alleine unter dem Hintern weggedreht haben, bevor man aufgestanden war (so wie es mir einmal passierte, aber das ist eine andere Geschichte).

Worauf ich hinauswill: War die Toilettenbenutzung völlig kostenlos, so wie auf diesem Rastplatz hier gerade, meinten Benutzer ganz offenbar, dass die Pinkelbude nach ihrem Besuch ohnehin von einem Sondermüllkommando abgerissen würde. Anders kann ich mir den verdreckten, unappetitlichen Zustand der Gratisklos an deutschen Autobahnen nicht erklären.

Ich hielt meinen Aufenthalt in der Ammoniakhölle so kurz wie irgend möglich, was ich von Lea leider nicht behaupten konnte.

Nachdem ich mich wieder ins Auto gesetzt hatte, einem Automatismus folgend hinter das Lenkrad (was Yvonne mir immer als unbewusstes Macho-Gehabe ausgelegt hatte, womit sie vermutlich sogar richtiglag), wartete ich etwa fünf Minuten. Und fünf weitere. Dann wuchs die Sorge.

Mit einer Lebensmittelvergiftung war nicht zu spaßen. Schon gar nicht, wenn sie einen zwischen benutzten Klopapierbergen auf einer öffentlichen Autobahntoilette in die Knie zwang. Also stieg ich wieder aus. Das Rein und Raus aus dem Auto und das damit verbundene Wechselspiel zwischen kalt und warm schien meinem lädierten Kopf nicht gutzutun. Mit pochendem Schädel klopfte ich an die Tür zum Damen-WC.

»Lea? Alles okay?«

Ich trat einen Schritt zurück, für den Fall, dass meine nervensägende Reisebegleitung bereits das Toilettenhäuschen verlassen hatte und nun eine Kippe oder was weiß ich rauchend hinter dem Bungalow stand. In dem Fall hätte mich jemand anders da drinnen für einen perversen Klo-Spanner halten können, der mit zerbeulter Schlägervisage im Schneeregen vor Einrichtungen herumzulungern pflegte.

Doch weder öffnete mir Lea noch eine Fremde, noch sonst irgendwer. Also tat ich es selbst, nachdem ich noch ein halbes Dutzend weitere Male ihren Namen klopfend gerufen hatte.

Ich nahm eine Münze aus meiner Brieftasche, steckte sie in den Schlitz des Schlosses, mit dem sich von außen der Riegel bewegen ließ, öffnete die Tür und trat ein. Gefasst auf den Anblick von Erbrochenem, dreckigen Papierhandtüchern und sogar Exkrementen, war das, was ich tatsächlich sah, noch sehr viel schlimmer.

Meine Mitfahrerin saß schlaff auf dem metallenen Toilettenrand.

»LEA!« Ich schrie. Erst geschockt, dann wütend. Dann wieder geschockt.

Jetzt war mir klar, weswegen sie den Kulturbeutel aus dem Seesack geholt hatte.

»Scheiße«, rief ich, obwohl ich eine ganze Reihe sehr viel schlimmerer Schimpfwörter im Kopf hatte, die alle rauswollten.

Ich wiederholte es noch einmal. Dann zog ich die Spritze aus Leas abgebundenem Arm heraus, der schlaff an ihrem bewusstlosen Körper herabhing.

A9
P
WC

18. Kapitel

Lea von Armin

Es war gut. Endlich wieder.

Schon auf der Raststätte bei Nürnberg hatte sie gespürt, dass der *Frost* im Anmarsch war. So nannte sie es, wenn sie von dieser inneren Kälte geflutet wurde, weil über irgendeine Synapsenschaltzentrale ihr Gehirn ihrem Körper einen Nachschubbefehl erteilt hatte.

Lea kannte das Ritual in- und auswendig.

Der *Frost* brachte sie zum Zittern, zum Zähneklappern, vereiste ihre Magenschleimhäute und zwang sie dazu, sich dieses flüssige Feuer zu spritzen, wenn sie nicht innerlich erfrieren wollte.

Doch heute hatte sie in der Aufregung die ersten Vorboten übergangen. Und weil sie dem *Frost* nicht gehorcht und stattdessen lieber mit Livius über Geldpolitik und anderen Quatsch gelabert hatte, hatte sie sich den notwendigen Schuss auf dieser dreckigen Kloake setzen müssen. Viel zu spät, viel zu hastig. Falsch bemessen, zu hoch dosiert. Weswegen sie jetzt einen barmherzig entspannenden Wachtraum träumte und dennoch mitbekam, wie entsetzt Livius war, sie hier so vorzufinden.

Ohne Vorwarnung, der Arme.

Fast ebenso kalt erwischt vom *Frost* wie sie.

Ihr Wachtraum ähnelte einer Schlaflähmung, aus der sie sich nicht befreien konnte, deshalb war jeder Versuch, Livius zu vermitteln, dass sie ihn sah und hörte, vergebens.

Es war vielmehr so, wie sie es in einem Psychothriller gelesen hatte, in dem einer Frau gegen ihren Willen ein posthypnotischer Befehl eingepflanzt worden war: Je stärker sie versuchte, den Fängen der Schlaflähmung zu entkommen, umso tiefer versank sie in die Bewusstlosigkeit.

Und so nahm sie reglos wahr, dass Livius sie aus der öffentlichen Toilette hinaus in den kalten Schneeregen zurück zu dem Schrottwagen trug, raus aus dem stinkenden Dreckloch an die frische Luft. Doch auch die konnte nicht verhindern, dass sie ganz in einen Traum abglitt, in dem ihr Vater wieder einmal die Hauptrolle spielte.

Friedbert.

So hatten sie ihn als Kinder nennen müssen. Beim Vornamen.

Nicht Papa, Paps oder wenigstens Vater. Nur Friedbert, der Patriarch, der gedanklich noch im letzten Jahrtausend verwurzelt war, in dem alte weiße Männer davon überzeugt waren, dass Familien eine hierarchische Struktur brauchten, logischerweise mit einem Penisträger als Oberhaupt. Das galt besonders für Götter in Weiß wie ihn, die im Laufe ihrer Karriere so viele Menschen geheilt und gerettet hatten und daher davon ausgingen, jede kleine Aktion ihrerseits sei automatisch von einer höheren Macht abgesegnet.

Dabei hörte diese Macht in erster Linie auf den Namen »Geld«. So hatte Friedbert vor zwei Jahren eine Summe von fünftausend Euro einsetzen wollen, um ihren Freund Madox zu bestechen. Als »Gegenleistung« dafür, dass Madox den »nicht angemessenen Umgang« mit seiner Tochter sofort einstelle und sich eine »passendere« (gemeint: schwarze) Partnerin aussuchen solle. Daraufhin hatte Lea getweetet, dass ihr Vater ein Rassist sei. Und seither hatte sie ihn nicht mehr gesehen. Dass ihre Beziehung mit Madox diese Belastung nicht überstanden hatte, war nur ein weiterer Beweis dafür, wie ungerecht die Welt war. Einem Alltagsrassisten war mal wieder zu seinem Willen verholfen worden, ohne dass dieser am Ende etwas dafür bezahlen musste.

Aber hast du nicht immer das bekommen, was du wolltest, Friedbert? Sogar heute will das Schicksal mich in deine Nähe treiben.

All das hätte sie Livius gerne erzählt. Vielleicht sogar die ganze Wahrheit. Dass es neben den persönlichen Differenzen noch einen weiteren Grund gab, weswegen sie nicht auf ihren Vater treffen wollte. Und der war: Angst!

Pure, nackte Angst.

Möglicherweise hätte Lea den Irrtum längst aufklären und Livius die Wahrheit erzählen sollen, diesem helferkomplexbeladenen Sympathen, der zwar humorvoll und intelligent, aber so gar nicht ihr Typ war; allein schon deshalb, weil er seiner betrügerischen Verflossenen so jämmerlich nachjockelte.

Aber Livius hatte eine vertrauenswürdige Art. Sie mochte seine Stimme, hörte ihm gerne zu, noch lieber aber hörte sie sich selbst reden, und in ihren Monologen hätte sie ihm schon längst sagen müssen, dass er vorhin am Telefon nicht richtig zugehört hatte – »*Mann, Lea. Vater bleibt nicht mehr viel Zeit ...*« –, als ihre Schwester von der Siebzehn-Uhr-OP sprach, zu der Lea auf keinen Fall zu spät kommen dürfe.

»Morgen Nachmittag? Himmel, das ist viel, viel zu spät.«

Eine Operation, die zwar die Operation ihres Vaters war.

Aber er hatte sie nicht als Patient vor sich.

Sondern als Chirurg.

»Papa kann das doch nicht einfach so für dich verschieben? Das weißt du doch, oder?«

Nicht Friedbert sollte sich unters Messer legen.

Sondern Lea.

Und davor hatte sie solche Angst. Schreckliche Angst, auch wenn mit ihrem Vater einer der besten Chirurgen Deutschlands am Tisch stand. OP hin, OP her. Selbst Friedbert gab ihr nicht mehr viele Monate. Vielleicht nur noch Wochen.

»Das hat Krebs so an sich.«

Der verdammte *Frost,* den sie nur noch mit Morphin bekämpfen konnte.

All das hätte Lea Livius gerne gesagt.

Aber sie befürchtete, dass sie dazu ebenso wenig den Mut aufbringen würde wie dafür, sich in Hamburg operieren zu lassen.

Doch vielleicht wuchs sie ja über sich hinaus und vertraute sich ihm an. Sobald die Wirkung der Morphinspritze nachließ und der Traum aufhörte, in dem sie ihren Vater schon im Operationssaal stehen sah.

Ungeduldig auf die Uhr blickend, warum sie denn sogar heute zu spät käme.

An ihrem vielleicht letzten letzten Tag.

19. Kapitel

Livius

Ich ließ noch mal Revue passieren: Heute früh hatte alles damit begonnen, dass mein Koffer auf dem Rollfeld des Franz-Josef-Strauß-Flughafens aufplatzte, dann wurde der Flug wegen des Schneesturms gestrichen, was mich über Umwege aus einem Altersheim flüchten und Beihilfe zum Viehdiebstahl leisten ließ (eine Tat, für die wir im Wilden Westen geteert und gefedert worden wären), und nun stellte sich zu allem Überfluss noch heraus, dass die Person, die unseren Mietwagen gegen eine Seifenkiste eingetauscht hatte, in ihrer Freizeit als Christiane-F.-Double unterwegs war.

Nun, ich hatte wohl das, was Katastrophenforscher einen »Lauf« nennen. Fragte sich nur, wo der enden sollte. Wenn es so weiterging, ganz sicher nicht in Hamburg, und wenn doch, dann mit Betonschuhen im Hafenbecken.

Ich hatte Lea in den Wagen geschleppt und auf etwas abgelegt, was man bei anderen Fahrzeugen »Rückbank« nannte, hierfür aber wäre Müllhalde noch ein Euphemismus gewesen. Zuvor hatte ich ihr den Puls gefühlt, der zum Glück noch vorhanden war, wenn auch, wie ihre Atmung, nur schwach. Dann hatte ich notdürftig die Polster von den Fast-

Food-Überresten des Vorbesitzers befreit, konnte aber nicht ausschließen, dass sich noch irgendwo ein abgenagter Chicken-Wing in Leas Hüfte drückte.

Als Nächstes ließ ich den Motor an, da die Heizung in unserem Geschoss erstaunlich gut funktionierte, wobei mir kurz der Gedanke kam, ob Junkies in ihrem Drogenrausch es nicht vielleicht eher kalt mochten.

Um nicht auch noch zu erleben, wie uns auf dem Rastplatz Sperbes Ost der Sprit ausging, ohne dass wir auch nur einen Kilometer gefahren waren, setzte ich die Karre wieder in Bewegung.

Ich tuckerte also in Tai-Chi-Geschwindigkeit auf der rechten Spur weiter Richtung Osten und hatte gerade den Entschluss gefasst, Lea zur nächsten Notaufnahme zu fahren, die sich vermutlich in Bayreuth befand, der aktuell nächstgelegenen größeren Stadt – da begann sie hinter mir wild um Luft zu ringen.

Es hörte sich an wie bei einem Schwimmer, der sein Lungenvolumen testen wollte und dabei zu lang unter Wasser geblieben war. Lea stieß mit dem Kopf durch eine unsichtbare Wasserdecke und tauchte japsend an die Oberfläche ihres Bewusstseins zurück.

»Alles okay?«, fragte ich, nachdem sie sich aufgesetzt hatte. Was für eine bescheuerte Floskel. Wie sollte für jemanden, der sich auf verdreckten Toiletten einen Schuss setzen musste, um die Entzugsschmerzen zu überstehen, fünf Minuten später alles wieder »okay« sein?

Dennoch antwortete sie: »Ja, alles bestens. Sorry.«

»Sorry?« Ich blickte in den Rückspiegel. »Du musst dich nicht bei mir entschuldigen. Du bist es, die sich selbst bestraft.«

»Ach ja?«

»Ja. Du ruinierst deinen Körper, wirfst dein Leben weg. Oder …« Ein verstörender Gedanke kam mir. Hatte sie sich eben zum ersten Mal etwas gespritzt? »Stand das jetzt etwa auch auf deiner Doomsday-Liste? Ein Drogenrausch?«

»Würde es dich denn stören?«, fragte sie zurück.

»Ja.«

»Wieso?«

»Weil es selbst an einem letzten Tag keinen Grund gäbe, sich Gift zu spritzen. Ich dachte, du willst das Leben genießen. Jeden Moment so spüren, als ob es der letzte wäre.«

»Ganz genau.«

»Aber wenn du die Realität ein letztes Mal wertschätzen willst, darfst du dich doch nicht in eine Scheinwelt beamen.«

Sie rieb sich gähnend das Gesicht. »Das würde bedeuten, ich dürfte heute noch nicht einmal ein Buch lesen?«

»Das kann man nicht vergleichen.«

Sie winkte wieder einmal ab. »Okay, ich merke, du hast rein gar nichts verstanden.«

»Ich? Ich habe nichts verstanden?«

»Ja. Du kennst mich überhaupt nicht.«

»Oh, doch. Ich weiß ganz genau, wer und was du bist.«

Ich merkte, dass ich mich in Rage zu reden begann. Schon weil ich Lea für intelligenter hielt als neunzig Prozent meiner Schülerinnen und Schüler.

Was könnte sie alles aus ihrem Leben machen, wenn sie ihre exzentrische Kreativität und Energie auf etwas lenken würde, das sie weiterbrachte?

Also schoss ich vielleicht etwas übers Ziel hinaus, als ich sie weiter beschimpfte: »Du bist ein verwöhntes Mädchen, das sich solche Spielereien nur leisten kann, weil sie das

Glück hatte, als Biodeutsche gut betucht und ohne rassistische Anfeindungen durchs Leben zu kommen. Ohne jemals echte Sorgen gehabt zu haben.«

»So wie du.«

»So wie ich, ja. Aber wenigstens bin ich mir meiner Privilegien bewusst. Nicht aller, aber wenigstens so vieler, dass ich weiß, ich kann glücklich sein, in der Spermalotterie gewonnen zu haben. Nicht mein Verdienst. Mein Verdienst kann es nur sein, die mir geschenkte Zeit sinnvoll zu nutzen.«

»Indem du mich anbrüllst?«

»Jedenfalls, indem ich mich nicht mit Drogen vollpumpe.«

Dabei hätte ich mir – rückblickend betrachtet weiß ich das – natürlich längst die Frage stellen müssen, wie Lea es überhaupt geschafft haben konnte, den Stoff samt Spritzen in ihrem Kulturbeutel ins Flugzeug zu schmuggeln. Doch ich war wohl zu aufgeregt.

Lea seufzte, und ihr Gesicht wurde plötzlich immer größer im Rückspiegel, was daran lag, dass sie sich von hinten zwischen den Vordersitzen hindurch auf den Beifahrersitz quetschte.

»Weißt du, was auch noch auf meiner Liste für unseren ersten letzten Tag steht?«, fragte sie, als sie wieder neben mir saß.

Noch immer blass, aber nicht mehr auf John-Niveau. Tatsächlich wirkte ihr Gesicht entspannter, wenngleich sehr erschöpft.

»Ich will nichts mehr von deiner bescheuerten Letzter-Tag-Liste hören«, sagte ich.

Sie sagte mir dennoch, welchen Punkt sie als Nächstes

abarbeiten wollte: »Ich will jemandem verzeihen. Und das tue ich jetzt. Ich verzeihe dir, dass du so doof und ahnungslos bist.«

Und mit diesen Worten schloss sie die Augen und legte für die nächsten hundertfünfundsiebzig Kilometer den Kopf schlafend an meine Schulter.

20. Kapitel

Bis weit hinter die thüringische Landesgrenze, genau genommen bis nach Sachsen-Anhalt hinein, wuchsen mit jedem Ortsschild, das wir passierten, meine Kopfschmerzen. Ansonsten ereignete sich nichts weiter Bemerkenswertes. Vielleicht abgesehen davon, dass der einzige Sender, den das Autoradio ohne trommelfellzerrüttende Rauschinterferenzen empfangen konnte, von einer Musikredaktion betreut wurde, in der ein großer »Frühstück bei Tiffany«-Fan sitzen musste. Allerdings fiel mir über meinen Überlegungen, wem, wann und wie ich das mit dem unterschlagenen Mietwagen gestehen sollte, erst nach einer halben Stunde auf, dass die Station *Moon River* in Dauerschleife sendete. Zwar immer wieder in einer anderen Version und nicht nur von Audrey Hepburn gesungen, dennoch waren die Unterschiede jetzt nicht so gewaltig, dass ich bei jedem Neuanfang des Songs vor Überraschung am liebsten in die Hände geklatscht hätte.

Ich hatte mich schon einmal intensiv mit dem Song auseinandergesetzt, den ich bis heute sogar sehr gemocht hatte. Nur jetzt, zwölf Versionen später, irgendwo zwischen Kleinhelmsdorf und Roda, konnte ich den Text so gut auswendig, dass ich ihn hätte rückwärtssingen können. In meiner Verzweiflung überlegte ich schon, Lea wieder aufzuwecken, um mit ihr über eine Songzeile reden zu können, die ich als Todesmetapher verstand:

Moon river, wider than a mile
I'm crossing you in style some day

Denn mit dem Mondfluss, der eines Tages stilvoll überquert werden würde, konnte doch nur der Hades gemeint sein? Ich hatte mit Yvonne mal darüber sprechen wollen, aber sie hatte nur kurz gegoogelt und jede weitere Unterhaltung mit dem Hinweis abgewürgt, dass sich darüber nichts im Internet finden ließe, es also nicht stimmen könne. Und vielleicht hatte sie ja recht. Vielleicht hatte der Texter sich weniger dabei gedacht, als ich in das Ganze hineininterpretierte. In meinem aktuellen Gemütszustand hätte man mir ohnehin alles vorspielen können – selbst im Merci-Song hätte ich vermutlich einen Hinweis auf die eigene Sterblichkeit erkannt.

Immerhin hatte der Schneeregen endlich für eine Weile ausgesetzt, und so freute ich mich über die kleinen Dinge des Lebens wie die Tatsache, dass ich die dauerbeschlagenen Scheiben jetzt nur noch von innen wischen musste. Als ich gerade überlegte, ob ich nicht lieber dem Klappern des Motors zuhören wollte als der *Moon River*-Version Nummer fünfundsechzig, gähnte Lea neben mir laut.

»Oh, bitte, dreh doch mal diese Begräbnismucke ab«, murmelte sie schläfrig, ohne die Augen zu öffnen.

»Was hast du da gesagt?«

»Das Requiem, muss das sein?«

»Du denkst also auch, *Moon River* handelt vom Sterben?«

»Wovon denn sonst?«

Sie gähnte erneut und streckte sich, so gut es in dieser Blechschüssel ging, ohne das Handschuhfach auf die Straße durchzutreten.

»Der Text macht mich noch depressiver als der von ›Schlaf, Kindlein, schlaf‹.«

»Das Kinderlied?«

»Nein, die Stadion-Hymne von Bayern München.« Sie tippte mir sanft an die Stirn. »Natürlich das Kinderlied.«

»Was stimmt mit dem denn nicht?«

»Was ist das für eine Frage?« Sie schenkte mir einen Blick, ähnlich dem, den ich vor ein paar Wochen Guido Lankwitz zugeworfen hatte, als der in seinem Geschichtsreferat vom verbrecherischen »Bundeskanzler Alfred Hitler« zu sprechen begann. Und nein, ich unterrichte nicht in einer Rehaklinik für Menschen, die nach schwersten Schädel-Hirn-Verletzungen wieder langsam zurück ins Leben finden müssen.

Völlig unerwartet begann Lea zu singen, und das sogar sehr melodisch. »Morgen früh, wenn Gott will, wirst du wieder geweckt!« Sie tippte mir erneut gegen die Stirn. »Merkste selbst, oder?«

Ich musste gerade ein Wohnmobil überholen und verpasste die Gelegenheit, ihr zu antworten.

Sie sprach schon weiter: »Was ist denn, wenn Gott *nicht* will? Dann stehen Mama und Papa morgen früh an einer Wiege vor einem kalten Baby oder was? Das Lied ist ja wohl ein Schlag ins Gesicht für alle Eltern, die Angst vor dem plötzlichen Kindstod haben. Und das sind ja wohl: ALLE!«

Es gab nicht viel, worüber wir einer Meinung schienen, aber hier musste ich ihr unumwunden zustimmen. Zudem freute es mich, dass sie meine Interpretation des Songtextes von *Moon River* teilte, was mich zu der Bemerkung verleitete, dass wir auch in diesem Punkt auf einer Wellenlänge lägen.

»Wenn auch sonst in keinem«, sagte Lea und erstickte den ersten winzigen Keim von guter Laune in mir vollends, indem sie das Thema wechselte, und zwar wohl nur, um mir zu verstehen zu geben, wie sehr sich unsere Mindsets voneinander unterschieden.

»Wie war das bei euch zu Hause? Hat dir Yvonne verboten, im Stehen zu pinkeln?«

»Hä?« Ich predige meinen Schülern immer wieder, dass es »Wie bitte« lautet, merkte nun aber, dass es sehr wohl Situationen geben konnte, in denen man keinen Bock auf verbale Höflichkeiten hatte.

»Yvonne musste mir nichts verbieten. Das versteht sich ja wohl von selbst, dass es viel hygienischer ist, daheim im Sitzen zu urinieren.«

»Quatsch.«

»Quatsch?«

»Willst du wieder jedes Wort wiederholen?«

Der kurze Drogenschlafrausch schien Lea noch aufmüpfiger gemacht zu haben, und das wollte was heißen, war sie doch schon zuvor so hyperaktiv gewesen wie der Duracell-Hase auf Speed.

»Es soll Quatsch sein, dass es unhygienisch ist, sich im Stehen zu erleichtern?«

»Es ist Quatsch, dass du freiwillig ein Sitzpinkler bist. Yvonne hat dich dahingehend dressiert.«

»Na, da bin ich jetzt aber mal gespannt, wie du diese Theorie belegen willst, ohne meine … ähh …« *Was war sie denn nun? Ex-, Noch- oder Bald-wieder-Frau?* »Ohne … Yvonne überhaupt zu kennen.«

»Ich kenne dich noch nicht einmal, aber ich weiß, dass es einfach nicht eure Natur ist, sich beim Pieseln hinzuhocken.«

»Weil wir Männer allesamt Schweine sind?«, zitierte ich den Ärzte-Song.

»Stell dir folgende Situation vor: Eine Frau hat ihr erstes Date mit dir. Du schlenderst mit ihr durch den Park, ihr unterhaltet euch seit Stunden hervorragend, also alles bestens, müsstest du nicht plötzlich so dringend auf die Toilette, dass du keinen Schritt mehr weitergehen kannst, ohne dass es ein Unglück gibt. Also verdrückst du dich mal kurz hinter einen Busch.«

»Ja, wer kennt sie nicht, diese ›Erstes Date, volle Blase, ab in die Hecke‹-Situation«, sagte ich, aber meine Ironie verfing bei Lea nicht.

»Dein Date, übrigens völlig egal, welches Gender, ist neugierig und späht hinter den Busch, was du da so machst. Und da hockst du dann wie ein Affe mit heruntergelassener Hose in der Kniebeuge zum Pieseln.«

Jetzt sah ich sie an, als ob *sie* mich Alfred Hitler genannt hätte. »Dein Ernst?«

»Ja – merkst du, worauf ich hinauswill? Dein Date ist gelaufen. Eine lächerlichere Vorstellung als die gibt es ja wohl nicht.«

»Wieso sollte ich denn zum Pinkeln in die Hocke gehen?«

»Eben. Das tust du daheim nur, weil Yvonne dich zum Sitzpinkler dressiert hat.«

Wir waren beide von Satz zu Satz immer lauter geworden, weswegen ich jetzt beinahe schrie: »Es wird dich verwundern, aber bei mir zu Hause wird das Bad von einer Wand und nicht durch eine Buchsbaumhecke abgegrenzt.«

Sie gab mir ein Handzeichen, das ich für mich als »Quatsch mich nicht voll« übersetzte. Es hätte aber auch als Hinweis auf die Verkehrssituation vor uns verstanden werden können, denn die hatte sich dramatisch verändert.

AS

21. Kapitel

Ich war versucht, mit beiden Beinen voll in die Klötze zu steigen, um meiner Vorderfrau (oder Vordermann) nicht hinten draufzukacheln. Es schneite zwar nicht mehr, dafür waren die Temperaturen gesunken, und der Asphalt war spiegelglatt – oder unsere Reifen so profillos wie ein Castingshow-Teilnehmer. Vermutlich kam beides zusammen.

Die zweispurige Autobahn war wegen einer Baustelle auf den linken Fahrstreifen zusammengeschmolzen. Und auf dem ging gar nichts mehr.

Kein Wunder, bei dem Wetter. In Berlin brach der Verkehr ja schon zusammen, wenn es zu nieseln begann. Die hier herrschenden Schnee- und Eisverhältnisse hätten in der Hauptstadt längst dafür gesorgt, dass das Militär sich beriet, ob man der Notlage mit einer Atombombe Herr werden könnte oder ob drastischere Maßnahmen nötig waren. In Anbetracht der Tatsache, dass wir hier unsere erste witterungsbedingte Zwangspause einlegen mussten, hatten wir bislang nahezu paradiesische Verhältnisse genossen.

Gut, während Lea schlief, hatten wir zwar einige gestrandete Autos passiert und eine Karosse, die sich in den Straßengraben geschraubt hatte – das war wohl der unbestreitbare Vorteil, wenn man mit einem Gefährt unterwegs war, bei dem ein Heckaufkleber auf eine Maximalgeschwindigkeit von fünfundzwanzig Stundenkilometer hätte hinweisen müssen. Man kam auch zur Karambolage zu spät.

Leider aber nicht zum Stau!

»Stau«, sagte ich und deutete, zugegeben nicht besonders einfallsreich, auf die Rücklichter vor uns. Sie gehörten einem Wohnwagenanhänger, der uns die Sicht auf die Straße vor uns nahm. Wie jeder Autofahrer, der gegen seinen Willen am Weiterfahren gehindert wird, war ich versucht auszusteigen. Zumal mein dröhnender Schädel mal wieder etwas Frischluft verdient hätte. Der Fakt aber, dass allein die kurze Zwangspause (ich hatte den Motor ausgeschaltet, um Sprit zu sparen) die Temperaturen auf Kühlschrankniveau gedrückt hatte, ließ mich meinen Wunsch überdenken.

»Ausgerechnet jetzt«, sagte ich.

»Wann würde es dir denn besser passen, auf der A9 im Stau zu stehen?«

»Vielleicht dann, wenn ich nicht pinkeln müsste.«

»Wir hatten schon zwei Rastplatz-Stopps. Wieso bist du vorhin nicht gegangen?«

»Bin ich doch.«

»Dann solltest du mal zum Urologen. Kann ja nicht gesund sein, alle drei Meter auf den Pott zu müssen. Selbst in deinem Alter nicht.«

Ich sah sie an. »Deine Fürsorge rührt mich, aber bei mir ist untenrum alles bestens. Wir haben eben nur so viel darüber geredet, das hat etwas bei mir getriggert.«

Sie rümpfte die Nase. »Na, dann bin ich aber froh, dass wir nicht über Blähungen gesprochen haben.«

»Sehr lustig. Hättest du nicht für einen Verstoß gegen das Betäubungsmittelgesetz einen Zwangsstopp eingelegt, wäre ich nie auf die Idee gekommen, beim Rastplatz auf die Toilette zu gehen.«

»Hä? Jetzt bin ich schuld, dass du dein Granu Fink nicht genommen hast?«

Ich nahm an, dass damit ein Mittel gegen übermäßigen Harndrang gemeint war und keine moderne Designerdroge, die sämtliche natürlichen Bedürfnisse verschwinden ließ.

»Ja, nein, ich meine … ich musste vorhin noch gar nicht so richtig. Aber bei dir hat es auf der Toilette so lange gedauert.« Ich warf ihr einen bösen, vermutlich altväterlichen Blick zu. »Dann bin ich halt auch gegangen. Viel zu früh, und das kommt dann dabei raus. Normalerweise hab ich eine Betonblase. Könnte von hier bis nach Bar…« Ich biss mir rechtzeitig auf die Zunge, bevor mir *Barcelona* rausrutschte, weil ich Angst hatte, es würde sie auf die Idee bringen, dass Katalonien doch irgendwie auf dem Weg nach Hamburg läge. »Von hier bis nach Barnim würde ich es nonstop aushalten. Aber nun ist es wie mit einer Tüte Chips. Einmal angefangen, kannst du nicht mehr aufhören.«

»Nicht alles, was hinkt, ist ein Vergleich«, entgegnete Lea und hatte wohl recht. Bei der Tüte Chips war es egal, wie früh oder spät man anfing, der erste Biss setzte in jedem Fall eine gnadenlose Kohlenhydratvernichtungskette in Gang.

»Deine Inkontinenz ist vielleicht eher mit Junkfood vergleichbar«, schlug sie vor. »Fängst du einmal damit an, sättigt das keine zehn Minuten, und du bekommst sofort wieder Hunger.«

Ich seufzte. Mittlerweile hatte ich darin Übung. »Ja, schön, dass wir das geklärt haben. Was mache ich nun, wenn wir hier noch stundenlang rumstehen müssen?« Ich sah auf die Karawane im Rückspiegel.

»Frag doch die Leute vor dir.« Lea zeigte auf den Wohnwagen.

»Ob sie einen Katheter dabeihaben?«

»Ob sie dich auf ihre Toilette lassen.«

Ich lachte auf, obwohl sie es offenbar ernst gemeint hatte.

»Ja, gute Idee. Ich geh mal nach vorne. Die Seriosität, die mir mein blaugeprügeltes Matschauge verleiht, schafft die idealen Voraussetzungen, um bei Wildfremden im Stau ans Fenster zu klopfen und zu fragen: ›Hey, entschuldigen Sie bitte, aber dürfte ich hinten mal Ihre Schüssel vollstrullen?‹«

»Nun sei mal nicht so verklemmt«, schnaubte sie.

»Ich? Verklemmt?« Um Lea zu zeigen, was für ein verrückter Hund ich in Wahrheit war (zumindest, wenn man mich provozierte), stieg ich aus. Natürlich nicht, um bei den Campern vor uns anzufragen, was sie wohl davon hielten, wenn ich mal eben auf ihr Chemieklo klettern würde, sondern – Sie ahnen es – um über die Leitplanke zu steigen, hinter der ich mir einen Baum suchen wollte.

Was sich als nicht so einfach herausstellen sollte.

Denn hinter der Leitplanke gab es zwar Bäume, hinter die ich mich stellen konnte, um nicht wegen Erregung öffentlichen Ärgernisses angezeigt zu werden. Aber diese standen etwa anderthalb Meter tiefer als die Fahrbahn, was zur Folge hatte, dass ich einen kleinen, schneebedeckten Abhang hinunterschlittern musste.

Und leider berücksichtigte ich dabei die Schwerkraft nur unzureichend, die besondere Tücken birgt, wenn der Untergrund von einer gefrorenen Schneedecke überzogen ist.

Im Grunde war es mehr ein Stürzen als ein Gehen. Dass es mich dabei nicht hinlegte, war allein dem glücklichen Umstand zu verdanken, dass ich mich am Fuße des Abhangs an einen Stamm klammern konnte. Außenstehende mussten mich für eine Art Naturhippie halten, der die kurze Staupause mal eben nutzte, um seinen Freund, die Eiche, zu umarmen.

Ich konnte nur hoffen, dass mich keine gelangweilten Teenager entdeckten, die mich von der Rückbank ihrer Eltern filmten und ins Netz stellten.

»Dressierter Sitzpinkler«, fluchte ich in Erinnerung an Leas krude Argumentationsführung, während ich nun hinter dem Baum das Notwendigste erledigte. Natürlich im Stehen.

Danach zog ich den Reißverschluss hoch und wusch mir die Hände im Schnee, in mehrfacher Hinsicht erleichtert. Einmal, weil meine Blase nun nicht mehr drückte. Und dann, weil ich oben noch immer die monotonen Brummgeräusche stehender Fahrzeuge hörte. Der Stau hatte sich nicht aufgelöst, ich würde rechtzeitig wieder auf meinem Fahrersitz hocken, bevor unser Wagen selbst zum Hindernis wurde.

Dachte ich.

Dabei hatte ich die Rechnung ohne meine Chucks gemacht.

Wie ich lernen sollte, war es eine Sache, auf Turnschuhen einen Abhang hinunterzurutschen. Eine ganz andere Herausforderung aber war es, auf durchgelatschten Gummisohlen den Rückweg antreten zu wollen. Ersteres erforderte lediglich Glück, nicht mit einem Auge am Ast oder mit dem Kiefer in der Rinde hängen zu bleiben. Letzteres übermenschliche Superman-Kräfte oder zumindest die Fähigkeiten eines Oktopus, wobei noch nicht einmal ausgemacht war, ob dessen Saugnäpfe auf der vereisten Schneedecke etwas hätten ausrichten können.

Meine Hände und Füße taten es jedenfalls nicht.

»Das darf doch nicht wahr sein!« Vor Wut wären mir fast die Tränen gekommen.

Ich schaffte keine fünfzig Zentimeter der Hangstrecke, ohne mich hinzulegen.

»Hey, Lea!«, rief ich absurderweise, denn wieso sollte sie ausgestiegen sein? Niemand außer mir würde bei dieser Kälte seinen Wagen verlassen. Nicht mal mein Handy war bei mir. Das lag friedlich in der Autoablage.

Ich hörte die Motoren nur wenige Schritte über mir entfernt, war aber unfähig, sie zu gehen. So musste sich jemand fühlen, der sich in einer Wüste verirrt hatte und wenige Meter vor der rettenden Oase keinen Schritt mehr schaffte und deshalb verdurstete.

Herr im Himmel!

Ich sah mich nach allen Seiten um. Hinter mir erstreckte sich ein Wald, der Abhang zur Straße zog sich in beiden Richtungen mehrere Kilometer lang. Keine Möglichkeit eines einfachen Aufstiegs in Sicht.

Außer …

Nur wenige Meter entfernt – hier unten bewältigte ich die problemlos, auch wenn meine Füße mittlerweile so kalt waren, als wäre ich barfuß – stand auf halber Strecke den Abhang hoch ein baumähnliches Gebilde. Eine Art Stamm ohne Krone. Womöglich hatte der Sturm sie abgerissen, vielleicht war auch der Blitz eingeschlagen. Der Stamm war in der Mitte zu einem V gesplittert. Und das brachte mich in meiner Verzweiflung auf eine Idee, auf die Menschen wohl nur kommen, wenn sie nichts mehr zu verlieren haben.

Ich zog meine Jacke aus, sammelte einen Stein auf und stopfte ihn in den rechten Ärmel, den ich danach zuknotete.

Es hätte auch der linke sein können, darauf kommt es nicht an. Da ich in jungen Jahren mal einen Cowboy-Rodeo-Kurs absolviert hatte, gelang es mir natürlich problemlos, die Jacke wie ein Lasso über meinen Kopf zu schwingen und den Ärmel so in dem V der Birke zu platzieren, dass ich mich an ihr hochhangeln konnte.

(Anmerkung des Autors: Zwei Lügen sind in dem vorangegangenen Satz versteckt – wobei ich tatsächlich mal zum Fasching als Cowboy gegangen bin.)

Nein, ich hab natürlich nichts getroffen. Und damit meine ich *nichts*. Nicht einmal den Baum. Allerdings war der Plan, gemessen an der Kürze der Zeit und den Umständen, unter denen er gefasst worden war, so schlecht nicht gewesen. Nur: Die Jackenärmel waren zu kurz. Am Ende hatten etwa drei Zentimeter gefehlt.

Wären es fünfzig gewesen, wäre ich auf die nächste Idee gar nicht erst gekommen. Ich hätte mein Schicksal akzeptiert und wäre nur wenige Meter unterhalb eines rettenden Schrotthaufens mit blauem Auge und freiem Oberkörper erfroren.

So aber zog ich mich weiter aus. Und klar, natürlich begann genau in diesem Moment über mir ein Hupkonzert. Dreimal dürfen Sie raten, wieso.

AS
STAU

22. Kapitel

»Was zum …?«
»Frag nicht.«
»Aber …?«
»NEIN!«

Ich konnte ihr die entsetzte Miene nicht verdenken. Auch das Hupkonzert der Fahrer hinter uns konnte ich nachvollziehen. Die mussten sich schon geraume Zeit fragen, warum die vierrädrige Mülltonne vor ihnen nicht wenigstens zur Seite rollte, jetzt, da es in der Baustellenverengung endlich weiterzugehen schien. Der Wohnwagen war verschwunden, die Fahrbahn vor uns so leer wie ein deutsches Impfzentrum im zweiten Lockdown. Waren wir noch vor Kurzem das Stauende gewesen, waren wir jetzt der Anfang.

»Aber du hast keine …«

»Ja, ich weiß. Ich habe keine Hosen an«, schnauzte ich sie an und startete den Motor.

Wie heißt es so schön? Man hat nie wieder eine zweite Chance, einen ersten Eindruck zu hinterlassen.

Nun, alle Stauteilnehmer, die mich gerade zum ersten Mal aus ihren Fahrzeugen heraus gesehen hatten, mussten mich für einen durchgeknallten Exhibitionisten halten. Und zu allem Überfluss schien der auch noch für den Stau verantwortlich zu sein. Wie sonst sollten sie es sich erklären, dass nach fünfminütigem Hupprotest (einige waren sogar ausgestiegen) plötzlich ein halb nackter Irrer in Unterhose auf allen vieren am Seitenstreifen auf die Leitplanke zugekrochen kam? (Ich pfiff aus dem letzten Loch, nachdem ich das beschwerte Hosenbein tatsächlich in der Astgabelung platziert und mich daran hochgezogen hatte.)

Lea hatte mich in meinem FKK-Outfit erst nicht erkannt, auch weil ich während meiner Reinhold-Messner-Imitationsversuche mehrfach mit dem Kopf in den Schnee eingetaucht war, was meinem Auge zwar kurzfristig gutgetan haben mochte, den Rest meines Gesichts nun aber wie rosa Kassler aussehen ließ. Sie hatte wohl befürchtet, ein Sittlichkeitsverbrecher wolle ihre Autotür abreißen, weswegen sie reflexartig die Verriegelung herunterdrückte. Was mich wiederum dazu brachte, halb wahnsinnig und vor Wut, Scham und Kälte zitternd meine Klamotten auf den Asphalt zu schmeißen und wie ein Berserker an der Fahrertür zu rütteln, bis Lea endlich Erbarmen mit mir hatte und mich einließ. Gerade noch rechtzeitig, bevor die Bürgerwehrtruppe, die sich hinter mir zusammengerottet hatte, der bedrohten Dame zu Hilfe kommen und mich mit einem Wagenheber den Abhang wieder zurückprügeln konnte.

Der Wagen sprang zum Glück sofort wieder an, und wir ruckelten los.

Eine kurze Zeit hielt Lea sich an meine Bitte, mich nicht weiter mit peinlichen Fragen zu löchern. Schon bald jedoch hielt sie es nicht mehr aus und entschied sich von allen Fragen, die ihr durch den Kopf gehen mochten, für die absurdeste: »Hast du wirklich im Sitzen gepinkelt?« Sie warf einen Blick auf die Rückbank, wohin ich Hose und Jacke geworfen hatte.

Ernsthaft? Sie glaubte tatsächlich, ich hätte mich nicht nur hinter den Baum gehockt, sondern dazu fast meiner kompletten Bekleidung entledigt? Na klar, warum auch nicht. Wo war es denn sonst so gemütlich wie in einem fußbodenbeheizten Wellness-Spa, wenn nicht bei minus zwei Grad hinter der Leitplanke, anderthalb Meter unterhalb einer Baustelle auf der A9?

Ich hätte nicht sagen können, ob ich vor allem wütend oder doch nur zutiefst erschöpft war. *Frustriert* passte eigentlich am besten, und so sagte ich: »Lea, bitte. Ich habe dich angefleht, mich wenigstens einmal fünf Minuten durchatmen zu lassen, doch auch das scheint schon zu viel verlangt. Ich weiß nicht, welche subtilen Zeichen ich dir noch senden soll. Okay, vielleicht ist es tatsächlich nicht auf den ersten Blick zu erkennen, dass ich keinen Bock auf irgendwelche Schwachsinnsdiskussionen habe, nur weil ich halb erfroren ohne Jacke, Hose und Schuhe«, (die hatte ich ausziehen müssen, um die Wurf-Jeans von den Beinen zu bekommen), »auf einem Autositz hocke, der eigentlich beheizt und in einem BMW stecken sollte, sich seltsamerweise aber in einem Fahrzeug befindet, das von den Crashtest-Experten nach zwanzig Versuchen aussortiert wurde.«

»Schwachsinnsdiskussionen?«, wiederholte sie, als könne sie es nicht glauben. Sie plusterte die Wangen auf und atmete hörbar durch die zusammengespitzten Lippen aus. Dann sagte sie: »Siehst du, wir haben keine Basis. Du lässt dich auf keinen einzigen meiner Gedankengänge ein. Klammerst dich stur und verbohrt an deinen vorgefertigten Meinungspfeilern fest. Das hat so keinen Sinn.«

»Was hat keinen Sinn?«

»Unsere Fahrt, unser Experiment, einfach alles.«

Sie sah kurz auf ihr Handy, dann auf ein vorbeiziehendes Entfernungsschild und bat mich, in Leipzig rauszufahren und sie am Hauptbahnhof abzusetzen.

»Du willst, dass wir getrennte Wege gehen, weil ich daheim nicht im Stehen pinkele?«

Sie lächelte wider Erwarten. »Tu nicht so, als ob du dich nicht insgeheim freust, mich loszuwerden, ohne dass du ein schlechtes Gewissen haben musst.«

Okay, Punkt für sie. Wobei ich irgendwie auch wenig Lust hatte, mich dem Mietwagentribunal alleine stellen zu müssen. Und außerdem: »Ich *habe* aber ein schlechtes Gewissen. Es ist jetzt kurz vor halb drei. Wir sind schon komplett hinter dem Zeitplan. Wenn ich dich in Leipzig absetze, wirst du es niemals bis siebzehn Uhr nach Hamburg schaffen.«

Ich musste mir eingestehen, dass Lea mit der Diagnose eines Helferkomplexes womöglich gar nicht so falschgelegen hatte ... Anders war kaum zu erklären, dass ich noch immer diese Pflicht verspürte, eine Person, die sich von »unbekannt« zu »unzurechnungsfähig« gewandelt hatte, zu ihrer Familie zu bringen. Und das, obwohl ich mittlerweile kaum noch mehr am Leib trug als meine Unterhose!

»Ich fahre nicht mehr nach Hamburg, Beppo. Ich hab es mir anders überlegt. Ich will meinen Vater in diesem Leben nicht mehr wiedersehen.«

»Darf ich fragen, was er dir angetan hat?«

Sie schien kurz zu überlegen, ich meinte sogar, gesehen zu haben, wie ihre Lippen lautlos die ersten Worte einer Antwort formulierten, aber wenn dem so war, hatte eine innere Stimme sie wohl zum Stillschweigen ermahnt.

»Du willst nicht drüber reden?«

»Nein«, sagte sie und wischte sich eine überraschend aufgetauchte Träne aus dem Augenwinkel. »Lieb, dass du mir helfen willst, du bist ein guter Kerl, echt, Livius. Aber es gibt Dinge, die muss man einfach alleine durchstehen.«

»Okay«, sagte ich, ohne dass es das für mich gewesen wäre.

Eine Stunde später – wir hatten kurz zuvor angehalten, damit ich mir wieder Hose und Schuhe anziehen konnte – nahmen wir die Ausfahrt an der Anschlussstelle Leipzig Süd. Lea tippte unvermittelt auf ihrem Handy herum und tat das, wofür sie ein besonderes Talent zu haben schien. Sie änderte von einer Sekunde auf die andere ihre Meinung.

»Neues Ziel«, sagte sie.

23. Kapitel

Das neue Ziel lag gar nicht so fernab vom alten, im Grunde nur fünfhundert Meter Luftlinie entfernt.

»Leipzig Palace«, las ich auf dem goldenen Schild über der Zufahrt des Fünf-Sterne-Grandhotels ab, das Lea vorhin ergoogelt hatte.

»Entschuldige meine Neugier«, sagte ich, »aber ich hoffe, du willst das mit deiner eigenen Kreditkarte bezahlen und nicht mit einer, die du Franz aus seinem Blaumann geklaut hast.«

In meiner Vorstellung sah ich schon den mit Lötkolben bewaffneten Suchtrupp hinter uns auftauchen, der dank der Benutzung der Karte den entscheidenden Hinweis bekommen hatte, wo wir zu finden waren.

»Es bleibt dabei, du solltest besser Thriller als Sachbücher schreiben. Ich kann mir die Nacht hier schon leisten.«

»Du machst also alleine weiter? Arbeitest weiter deine ›Letzte 24 Stunden‹-Bucketlist ab?«

»Ja, und auf der steht eine Nacht in einem Luxusschuppen. Das volle Programm: Zimmerservice, Maniküre, Massage, Spa-Anwendungen. Sieh mal, bis jetzt haben wir nur andere bedacht: Gerda ist glücklich, die Schweine werden nicht geschlachtet, Fritz und Franz fahren ein schönes Auto, dir habe ich verziehen, jetzt sollte ich vielleicht auch mal an mich denken.«

Ich wollte einwenden, dass es womöglich eine Handvoll Menschen auf diesem Planeten gab, die den Klau eines Schweinetransporters und die Injektion von Drogen auf der Rastplatztoilette als nicht völlig selbstlos einstufen würden, doch in diesem Moment stellte sich uns ein Mann im anthrazitfarbenen Anzug mit kinderbuchblauem Schlips und goldenem Einstecktuch in den Weg. Keine Ahnung, weswegen sich der leitende Angestellte, als der er sich später entpuppen sollte, überhaupt im Freien aufhielt. Vielleicht hatte er eine Zigarettenpause gemacht oder die Arbeit des Kofferpagen kontrollieren wollen. Zu seinem Glück stand er noch etwa zwanzig Meter entfernt, denn die brauchte ich, um den Motor abzuwürgen und stotternd vor ihm zum Halten zu kommen.

Puh, das war knapp.

Kennen Sie die Werbefilme, wo in Slow Motion nur die Reifen einer schwarzen Maybach-Limousine eingefangen werden, die vor einem Luxushotel hält: Die Tür schwingt auf, Schwenk auf endlose Beine eines Models, von den diamantbesetzten Stilettos langsam nach oben zum filmstargleichen Gesicht der Diva, die von Pagen in Fantasieuniformen mit einem Lächeln begrüßt wird, bei dem selbst Julia Roberts sich den Mund ausrenken würde, sollte sie versuchen, es nachzuahmen. Nun, ganz so war es bei uns nicht.

Mit uns hätte man eher einen Werbespot für die Abwrackprämie drehen können – oder einen Imagefilm für Schrottpressen.

Allerdings sah ich nicht so recht, welche Rolle der Anzugträger darin würde übernehmen können, denn dessen Gesicht schien sich regelrecht zu einer Faust zu ballen, je länger er uns anstarrte.

»Scheint so, als würde er sich nicht besonders freuen, uns zu sehen«, sagte Lea. Was, ich musste es mir selbstkritisch eingestehen, vielleicht nicht allein an dem Schrotthaufen liegen mochte, den wir vor sein Nobeletablissement gesetzt hatten. Immerhin sah auch mein Gesicht so aus, als hätte ich mich mit den Alkis am Bahnhof um Kippen geprügelt.

»Augenscheinlich will er mit uns reden«, sagte ich, weil der Mann im Anzug zur Beifahrertür schritt, die sich auf seiner Seite befand.

Er war bestimmt zehn Jahre älter als ich, allerdings schien sein Friseur den untauglichen Versuch gestartet zu haben, ihn mit einer Teenagerfrisur jünger wirken zu lassen: ausrasierter Nacken, zu einer Welle aufgegelte Haare und ein mit dem Rasiermesser eingefräster Nadelstreifen über der Schläfe. Mit Trainingsanzug, Trillerpfeife und Töppen an den Füßen hätte er den perfekten Freizeitfußballtrainer abgegeben. So aber sah er wie ein grimmig dreinblickender Rezeptionist aus, der sich am liebsten sein Sakko ausgezogen hätte, um sich mit uns zu prügeln.

Es dauerte eine Weile, bis Lea die Fensterscheibe runtergekurbelt hatte, damit er eine Frage stellen konnte, die sich zwar höflich liest, aber wie eine Drohung klingt, wenn sie einem mit zusammengebissenen Zähnen förmlich vor die Füße gespuckt wird: »Wie darf ich Ihnen helfen?«

»Wir sind Gäste«, lächelte Lea.

»Ähm, haben Sie reserviert?«

»Nein, aber …«

Der Fairness halber sollte ich jetzt erwähnen, dass ich Lea genau davon abgehalten hatte, als sie dies über ihr Handy noch aus dem Auto heraus auf einem Internet-Buchungsportal hatte tun wollen. »*Diese Vermittler kassieren nur eine unnötige Provision. Du wirst merken, um wie viel zuvorkommender du behandelt wirst, wenn du nicht online, sondern direkt an der Rezeption buchst.*«

So weit die Theorie. In der Praxis wurde sie nicht einmal bis zur Rezeption vorgelassen.

»Ich fürchte, wir sind ausgebucht«, sagte H. Kronstedt, Hotelmanager (Namen und Berufsbezeichnung hatte ich mittlerweile von seinem Schild am Revers ablesen können), was eine Lüge war, denn auf dem Portal, dessen Benutzung ich Lea ausgeredet hatte, waren noch alle Kategorien buchbar gewesen. »Außerdem können Sie diesen, äh, Wagen auf keinen Fall hier abstellen.«

Das hatte ich auch nicht vorgehabt, hätte die Fußballerfrise sich mir nicht so unvermittelt in die Fahrbahn geworfen. Nun hatte ich Bedenken, ob ich Schrotti (um unserem Gefährt mal einen sympathischen Namen zu geben) jemals wieder in Gang kriegen würde, nachdem sich das letzte Geräusch des Motors eher wie ein Todesseufzen angehört hatte.

»Wir packen nur ihre Sachen aus, bin gleich verschwunden«, wollte ich sagen, kam aber nur bis zum »Wir«. Dann unterbrach mich Lea in einem Tonfall, der mich alarmierte.

»Und *wieso* dürfen wir hier nicht stehen?«

»Die Zufahrt ist kein Parkplatz.«

»Und was ist mit dem da?« Lea zeigte auf einen roten Ferrari F8, Listenpreis irgendwo zwischen Einfamilienhaus und Luxusjacht, der neben dem gläsernen Eingangsportal stand. Trainerlocke schien es für unter seiner Würde zu halten, darauf zu antworten.

»Sie müssen einen öffentlichen Parkplatz aufsuchen«, sagte er. »Der nächste ist am Bahnhof.«

Der ja unser ursprüngliches Ziel gewesen war. Etwa fünfhundert Meter Luftlinie entfernt.

»Haben Sie keine Tiefgarage?«, fragte Lea angriffslustig.

»Ebenfalls voll.« Kronstedt wollte offensichtlich weder uns noch diesen Abschaum von Auto in seiner Nähe haben, und in Bezug auf Letzteres konnte ich ihn ja verstehen. Allein die Tiefgaragenmiete über Nacht war vermutlich teurer als der aktuelle Restwert der Karre.

Auf der anderen Seite konnte er ja nicht wissen, ob er mit uns nicht vielleicht ein exzentrisches Multimilliardärspaar vor sich hatte, das im Begriff stand, die gesamte Anlage zu kaufen. Um aus dem *Leipzig Palace* einen begehbaren Kleiderschrank für die vierjährige Tochter zu machen, die auf den Namen Lahavinia-Sunshadow-Moonflower hörte. Wir lebten in einer aus den Fugen geratenen Welt, und langsam hatte ich es satt, dass sich offenbar jeder das Recht herausnahm, sich in ihr wie ein Arschloch zu benehmen, während ich wieder und wieder meine Lebensenergie darauf verschwendete, Kompromisse zwischen unvereinbaren Lagern zu finden. Etwa zwischen meinen Schülern und mir. Oder zwischen Lea und Kronstedt. *Wieso eigentlich?*

Haarwelle schämte sich für Gäste wie uns?

Ganz offensichtlich, denn nun wurde er offen beleidigend, als er sich durchs Fenster beugte und mich direkt ansprach: »Vielleicht sollten Sie gleich am Bahnhof bleiben, junger Mann. Dort gibt es eine Apotheke für ihre Blessuren und sicherlich eine preisgünstigere Unterkunft.«

Er wandte sich ab, als sei alles gesagt.

Aber das war es nicht.

Alles klar. Du hast es geschafft.

Ich wurde nicht schnell wütend, aber wenn, dann richtig.

»Hast du das gehört?«, fragte ich Lea, die mich teils belustigt, teils erstaunt ansah, Letzteres vermutlich, weil es mir gelungen war, Schrotti wieder zu starten, ohne den Motor zur Explosion zu bringen.

»Wir sollen zum Bahnhof?«, fragte ich sie rein rhetorisch. »Er hat ein Problem mit uns als Gästen? Na schön, dann werden wir ihm mal einen Grund dafür geben.«

(Denken Sie sich an dieser Stelle bitte die Fanfaren des Rocky-Themas, und Sie haben ungefähr den Soundtrack im Ohr, der zu meiner vor revolutionärem Tatendrang nahezu euphorisierten Stimmung passte.)

Lea klatschte vergnügt in die Hände, während Kronstedt in der von uns produzierten trabbimäßigen Abgaswolke im Rückspiegel verschwand.

»Du machst mir Angst.« Lea lachte. »Du siehst so aus, als wolltest du einen Molotowcocktail bauen und denen in die Lobby schmeißen.«

»Fast«, sagte ich und lächelte diabolisch.

LEIPZIG - PALACE
A9
Leipzig

24. Kapitel

Wobei der Apotheken-Tipp des Hotelschnösels gar nicht mal so blöd gewesen war. Mittlerweile hatte mein zugeschwollenes Auge nämlich einen Farbton angenommen, der in etwa dem Migränelevel unter meiner Schädeldecke entsprach. Auf einer Presslufthammer-Skala, die von Grün bis Rot reichte, wummerten die Schmerzen im bläulich-violetten Bereich.

Tatsächlich führte mich also mein erster Gang, nachdem wir Schrotti vor dem Bahnhof in die Kurzzeitparkzone gequetscht hatten, direkt in die Arme einer kurzsichtig über ihre Lesebrille blinzelnden Apothekerin. Aber nicht so kurzsichtig, dass ihr nicht ein »Heiliger Bimbam!« entfleucht wäre, kaum dass ich ihr Geschäft betreten hatte.

»Was ist denn mit Ihnen passiert?«, fragte sie so laut, dass es selbst der junge Vater hinter mir nicht überhören konnte, obwohl er den auf dem Boden aufgemalten Diskretionsabstand vorbildlich einhielt.

Fälschlicherweise war ich davon ausgegangen, dass jemand, der seinen Laden rund um die Uhr an einem Großstadtbahnhof geöffnet hielt, schon sehr viel übler aussehende Brennpunkt-Klientel als mich bedient hatte, aber dem war wohl nicht so. Nun ja, wir waren ja auch in Leipzig und nicht in Berlin.

»Wie Sie sehen, brauche ich dringend etwas Zahnseide«, versuchte ich zu witzeln, hinterließ bei ihr aber wohl nur den Eindruck, dass Franz' letzter Schlag einer zu viel gewesen war.

»Haben Sie ein Rezept?«, wollte sie wissen, da sie vermutlich annahm, dass ich in meinem Zustand direkt vom Arzt kam. Als ich ihr sagte, dass ich nur etwas Ibuprofen benötige, lachte sie trocken auf und murmelte etwas von der frei verkäuflichen Dosis und dass ich auch ein Aspirin in die Badewanne werfen und sie austrinken könne. »Hat die gleiche Wirkung.«

Ich war versucht, sie darauf hinzuweisen, dass ihr Vergleich hinkte, da jemand, der hundertachtzig Liter Badewasser auf ex kippte, hinterher noch ganz andere Sorgen hätte, als dass ihm ein Rezept für die 800er-Packung Ibus fehlte. Aber da ich im Moment sehr viel Wichtigeres vorhatte, wollte ich nicht schon wieder Zeit mit sinnlosen Diskussionen verplempern. So nahm ich kurz darauf die bezahlte Tablettenpackung in die Hand und den Hinweis zur Kenntnis, von den 400ern nicht mehr als sechs am Tag zu schlucken und auf gar keinen Fall alle auf einmal.

Der nächste Punkt, den ich zur Verwirklichung meines kühn gefassten und vermutlich nicht zu Ende gedachten Plans abarbeiten musste, war, einen Bankautomaten zu finden, was sich in der Bahnhofsvorhalle zur Abwechslung als machbar darstellte.

Im Anschluss machte ich mich auf den Weg nach draußen, wo Lea in der Zwischenzeit neue Freunde gefunden hatte.

»Da bist du ja!«, rief sie mir zu und winkte mich zu einem Unterstand in der Nähe der Taxihalteplätze, wo sie einer bemitleidenswerten Gestalt gerade hatte Feuer geben wollen. Ein Versuch, der bei diesem zugigen Frostwind der Quadratur des Kreises gleichkam.

»Darf ich vorstellen, das ist Stulle. Stulle, das ist Livius.«

Der Typ, der so hieß wie ein belegtes Brot in Berlin, machte eine tiefe Verbeugung vor mir, was ihn, als er sich wieder aufrichten wollte, gefährlich ins Wanken brachte. Wie das nun mal so ist, wenn man mit drei Promille auf dem Tacho einen Diener machen will.

Zu sagen, das Leben auf der Straße habe Stulle gezeichnet, wäre in etwa so, als würde man von seiner Wolljacke behaupten, sie wäre etwas fadenscheinig an der Schulter. Tatsächlich hing sie in Fetzen herab. Seine Schuhe waren mit unterschiedlichen Plastiktüten umwickelt (rechts Lidl, links Penny), und sein Gesicht war ähnlich gerötet wie meines. Dabei war ich mir nicht mal sicher, ob es der Alkohol war, der für die extreme Durchblutung bei ihm sorgte, oder einfach die Kälte, die mit fortschreitender Uhrzeit immer schneidender wurde.

»Darf ich dich mal kurz sprechen?«

Lea folgte mir zwei Schritte hinter einen Betonpfeiler.

»Was?«

»Fünftausendzweihundert Euro.« Das war mein Kontostand, den ich gerade am Automaten abgefragt hatte.

»Das reicht doch locker.«

»Na ja, aber …«

»Was?«

»Die waren eigentlich für den Ring«, sagte ich, etwas unsicher geworden, ob ich an meinem Plan festhalten sollte.

»Was für einen Ring?«

»Für Yvonne.«

»Du trägst doch schon einen«, sagte sie und deutete auf meinen linken Ringfinger. »Hat sie ihren etwa weggeworfen?«

»Nein, natürlich nicht. Aber ich weiß, dass Yvonne sich einen ganz bestimmten wünscht. Ich wollte sie morgen mit der Idee einer zweiten Verlobung überraschen. Eine Erneuerung unseres Ehegelöbnisses, verstehst du?«

»Ach, wie romantisch«, sagte sie mit einer Betonung von »romantisch«, die die ursprüngliche Wortbedeutung irgendwie ins Gegenteil verkehrte. Zudem hatte ich Angst, Leas Augen könnten so weit nach hinten rollen, dass die Pupillen nie wieder aus den Augenhöhlen auftauchten.

»Also, wenn diese Yvonne dich wirklich liebt, dann reicht ihr auch der viel zitierte Ring aus dem Kaugummiautomaten. Der muss nicht von Chanel, Gucci oder Tiffany sein.«

Bulgari, wollte ich sie korrigieren, verkniff es mir aber. Viel wichtiger war etwas anderes. »Ja, bestimmt reicht ihr auch ein Bindfaden. Aber was bitte soll ich Yvonne sagen, wohin das Geld verschwunden ist?«

»Wie kriegt sie das denn mit?«

»Wir teilen uns noch immer das Konto.« Von diesem gingen Überweisungen für Streaming- und andere Onlinedienste ab; alles, was wir zusammen genutzt und noch nicht gekündigt hatten, inklusive des gemeinsamen Accounts bei einem großen Onlineversandhaus. Weswegen ich übrigens auch noch Wochen nach unserer Trennung bestens über Yvonnes Liebesleben informiert gewesen war. Ich ging nämlich nicht davon aus, dass sie das Fesselset mit Reitgerte für sich alleine bestellt hatte.

»Das Geld darauf gehört zwar offiziell mir, aber spätestens wenn wir wieder zusammenziehen, wird Yvonne fragen, was es mit dieser Abbuchung auf sich hat«, erklärte ich Lea.

Mittlerweile stampften wir beide wie Queen-Fans ohne jedes Rhythmusgefühl zu einem imaginären »We will rock you!« mit den Füßen auf den Boden, auch wenn mir dadurch nicht unbedingt wärmer wurde.

»Na ja, dann sagst du ihr halt, was du mit dem Geld gemacht hast.«

»Wie, ich soll ihr sagen …?«

»Die Wahrheit, ja. Du wurdest verächtlich behandelt, und jetzt rächst du dich dafür. Gehst einmal aus dir heraus und machst etwas, was du sonst nur machen würdest, wenn heute der letzte Tag in deinem Leben wär.«

Ich ging im Geiste die Unterhaltung mit Yvonne durch, die selbst in ihrer allerkürzesten Form auf ein Geständnis hinauslaufen würde, dass ich a) den ganzen Tag nicht mit Leo, sondern Lea unterwegs gewesen und b) pleite war sowie c) heute nicht zu ihr zum Abendessen kommen könnte, da ich in Leipzig erst noch die Sache mit dem Hotelzimmer meiner weiblichen Begleitung hätte klären müssen.

Natürlich war ich moralisch gesehen in der Poleposition, denn Yvonne war ja diejenige gewesen, die mich betrogen hatte, und mir stand nicht einmal der Sinn nach einer Affäre. Dennoch war ich mir ziemlich sicher, dass ich schon bei »Lea« ein Freizeichen hören und gar nicht mehr dazu kommen würde, ihr zu erklären, dass alles ganz anders war, als es sich anhörte.

Und so entschied ich mich, meiner inneren Stimme zu folgen, die mich aufforderte, wenigstens einmal in meinem Leben etwas zu tun, wovon ich später noch meinen Enkelkindern erzählen könnte.

»Also gut, hast du getan, worum ich dich gebeten habe?«, fragte ich Lea.

»Ja.«

»Wie viele?«

»Einundzwanzig«, antwortete sie. »Und ich hab die Medien informiert.«

»Du hast *was?*«

»Eine ehemalige *Truelife*-Kollegin arbeitet beim MDR. Und dann hab ich noch einen Kontakt bei den Privaten. Wir haben also mindestens ein Kamerateam vor Ort.«

Seltsamerweise schreckte mich die Ankündigung, gleich für Stoff in den Sechzehn-Uhr-Nachrichten zu sorgen, wenig. Vielmehr ermutigte sie mich, an meinem Plan festzuhalten.

»Okay, wieso nicht?«, sagte ich.

Dann, obwohl es ganz sicher tausend vernünftige Antworten auf meine Frage gegeben hätte, machten Lea und ich uns auf den Weg zurück zum Hotel.

25. Kapitel

Zehn Minuten später betraten wir das *Leipzig Palace,* und die Wirkung, die wir auf die Damen und Herren hinter dem kilometerlangen Rezeptionstresen hatten, wäre wohl kaum frappierender ausgefallen, wenn wir mitten in der Lobby mit einem Ufo gelandet wären.

Um der Wahrheit die Ehre zu geben: Das lag nicht an Lea und mir. Sondern an unserer Begleitung. Denn wir waren nicht alleine zurückgekommen, was ja irgendwie logisch ist, wenn man einundzwanzig Zimmer reserviert hat. Und genau das hatten wir auf dem Rückweg zum Hotel über alle uns bekannten Buchungsapps via Handy getan. Kostenpflichtig und ohne Möglichkeit der Stornierung und Rückerstattung.

Wofür wir so viele Zimmer brauchten? Ganz einfach: In unserem Schlepptau trotteten Leas neu gewonnene Freunde, von denen ich Ihnen bislang nur Stulle vorgestellt habe.

H. »Haarwelle« Kronstedt und sein Team sollten nun auch die anderen zwanzig Obdachlosen kennenlernen, die wir vor dem Bahnhof eingesammelt hatten und die sich jetzt auf die von uns versprochene Gratisnacht in Kronstedts Luxusbunker freuten. Ein Bett statt Treppenstufen, Gänsedaunen statt Pappkartons, die Wärme eines Zimmers anstatt der Kälte der Nacht.

»Wow«, hörte ich Lea neben mir sagen, was ein kleines Wunder war, so laut, wie die anderen Neuankömmlinge im *Palace* durcheinanderlachten, grunzten oder sonst wie krakeelten.

Wie musste es den Obdachlosen erst ergehen, wenn uns der Luxus dieses Prachtbaus schon die Sprache verschlug?

Marmorböden, so blank, dass man meinte, Schlittschuh auf ihnen laufen zu können, ein Kronleuchter unter der Decke, so schwer, dass ein Flugzeugträger unter ihm abgesoffen wäre. Die Krönung war ein zwanzig Meter hohes, violett illuminiertes, baumähnliches Kunstwerk aus Glas, das sich vor den Innenfahrstühlen nach oben bis zum Kuppeldach schraubte.

Sicher spielte in einer Ecke dieser riesigen Halle, von dem unerwarteten Auflauf verdeckt, ein livrierter Pianist *My Way* oder *Yesterday*. Wobei aus Sicht der Hotelleitung eine Nirvana-Parodie wohl gerade besser gepasst hätte. *Smells like street spririt.*

Wäre Begeisterung ein Geruch, so hätte er Noten von Alkohol, Schweiß, Dreck, Urin und kaltem Tabak. Dass die rothaarige Rezeptionistin sich die Nase zuhielt, als wir allesamt vor ihr am Tresen aufschlugen wie eine Reisegruppe von Zombie-Komparsen nach einem Walking-Dead-Dreh, konnte ich ihr nicht verübeln. Wohl aber, dass sie sich von H. Kronstedt zur Seite drängen ließ, der sich wegen des Tumults in seiner Lobby aus dem Büro bemüht hatte.

»Was zur Hölle geht hier vor sich?«

Sein zornesfaltiges Gesicht ähnelte dem von Knautschi, einer Leipziger Straßenlegende, den wir glücklicherweise dazu hatten überreden können, seinen Einkaufswagen kurz draußen abzustellen, bis ein Page ihm das »Gepäck« aufs

Zimmer bringen würde. Seinen Namen verdankte er der Tatsache, dass sein Gesicht mehr Furchen aufwies als das eines tibetanischen Faltenhundes.

»Sofort raus hier!«, befahl Kronstedt.

»Wir haben reserviert!«, schrie ich ihn an. Nicht, weil er es verdient hatte, sondern weil Zonko hinter mir (fragen Sie mich nicht, wieso er so heißt) wie irre seine Pfandflaschentüte schüttelte, als würde er jemandem demonstrieren, weshalb Glascontainer in Wohngegenden nach achtzehn Uhr nicht mehr befüllt werden durften.

»Unmöglich.«

»Schauen Sie in Ihr System«, forderte ich Kronstedt auf. »Einundzwanzig Zimmer. Alle auf den Namen Reimer. Online gebucht und mit der Kreditkarte bezahlt, bei der Sie die meisten Prozente abledern müssen.« Ich grinste.

Und ja, verdammt, ich fühlte mich gut dabei. Sehr gut sogar.

Kronstedt steckte seine Niederlage offenbar ebenso gut weg wie Donald Trump. Er biss die Zähne zusammen und ging zum Gegenangriff über. »Wir brauchen für alle Gäste einen ausgefüllten Meldeschein, einen Ausweis und eine Kaution für etwaige Extras.« Er grinste überheblich. »Und auch wenn Sie so wahnsinnig sind, mit Ihrer Kreditkarte für alle Sachschäden haften zu wollen, die diese Penner hier anrichten – Identitätsnachweise dieser, ähhh …«, er stockte, und sein Blick erinnerte mich an den angewiderten Gesichtsausdruck von Matheo, dem verzogenen Sohn meiner Cousine Paula, der sich einen Tag vor Weihnachten heimlich ein Tetrapack-»Getränk« aus dem Vorratsschrank meiner Mutter geklaut hatte. Blöd nur, dass Matheo dabei den Vanille-Drink mit der Sauce hollandaise verwechselt hatte …

»Also, einen Identitätsnachweis für diese Kreaturen können Sie garantiert nicht vorlegen. Daher fordere ich Sie auf, sofort unser Haus zu verlassen, sonst rufe ich die Polizei.«

Mit dieser Strategie hatte ich gerechnet. »Hören Sie, heute sinken die Temperaturen auf minus sechs Grad. Ein Schneesturm ist im Anmarsch. Wollen Sie diesen Mitmenschen wirklich leere, bezahlte Zimmer verweigern?«

Natürlich stellte ich diese gemeine Frage nur, weil Lea die gesamte Unterhaltung mit ihrem Smartphone auf Video festhielt. Ein Detail, das Kronstedt in seiner Erregung entgangen zu sein schien, sonst hätte er mir kaum ins Gesicht gezischt: »Wir sind das *Leipzig Palace* und nicht der Leipziger Zoo. Schaffen Sie diese stinkenden Menschenaffen zwei Straßenbahnhaltestellen weiter.«

Just in diesem Moment schraubte sich das von Lea angekündigte TV-Team durch die Drehtür, eine Moderatorin mit Vorfreude im Blick, vorneweg ein bartstoppeliger Kameramann, der seine Schulterkamera bereits im Anschlag hielt.

Kostprobe der Moderation gefällig, die Kronstedt an den Rand eines Schlaganfalls trieb, kaum dass das Übertragungsteam sich durch die Obdachlosen zu uns gekämpft hatte? Voilà:

»... senden wir hier live aus dem teuersten Hotel Leipzigs, in dem sich schier unglaubliche Szenen abspielen. Ein großzügiger Wohltäter hat sich ein Herz gefasst und Dutzende Zimmer gemietet, die er an Obdachlose verschenken will.«

Um es kurz zu machen: Kronstedt blieb ein Arschloch, aber eines, das in der Lage war, seinen Wutblick aus- und ein PR-Lächeln anzuschalten.

Blitzschnell verkündete er in die auf ihn gerichtete Kamera: »Und wir vom *Leipzig Palace* unterstützen diese grandiose Idee und spendieren all unseren Gästen heute ein kostenloses Abendessen!«

Und so kam es, dass etwa hundertfünfundsiebzig Kilometer entfernt, exakt um sechzehn Uhr und drei Minuten, die einunddreißigjährige Inhaberin eines Nagelstudios den Mund vor ungläubigem Staunen so weit aufriss, dass sie beinahe eine Kiefersperre erlitten hätte. In diesem Moment konnte ich das natürlich nicht wissen, denn ich wurde ja gerade in der Lobby von einer wild gewordenen Meute Obdachloser in die Luft geworfen, als wäre ich Hansi Flick, der mit ihnen das Triple geholt hatte. Natürlich hätte ich damit rechnen können, dass die Bilder, die das Kamerateam live sendete, auch von Menschen gesehen wurden, die mich kannten.

Aber im Moment war ich viel zu sehr damit beschäftigt, mich über den Erfolg meines Racheplans zu freuen, dass ich nicht einen Gedanken an Yvonnes Nachmittags-Fernsehritual verschwendete. Nicht, als ich nach dem Absetzen feststellte, dass ich das Hochleben ohne größere Verletzungen überstanden hatte. Und erst recht nicht, als mir Lea einen dicken, fetten Schmatzer auf den Mund gab, nachdem ich sie in der Hotellobby in die Arme geschlossen hatte.

Und ja, auch das war im Fernsehen zu sehen gewesen.

TV
LEIPZIG PALACE
LP

26. Kapitel

Nein, wir blieben nicht über Nacht. Und der Kuss war nicht einmal halb so intim gewesen wie der sozialistische Bruderschmatzer zwischen Breschnew und Honecker. Allerdings schmeckte ich Leas Honig-Lipgloss noch eine halbe Stunde später. (Wann hatte sie das eigentlich aufgetragen, oder hielt so eine Paste tatsächlich stundenlang? Wenn ja, wäre es eine Überlegung wert, das knarzende Türschloss in meiner vorübergehenden Mietwohnung am Adenauerplatz damit zu schmieren, es schien deutlich wirkungsvoller als das Grafit-Spray aus dem Baumarkt.)

Tatsächlich waren wir in dem Moment geflohen, als ich die Reporterin mit siegesgewissem »Hab ich dich endlich«-Lächeln samt Kameramann auf uns zuschießen sah.

Rennend, so schnell es die vereisten Gehwege zuließen, eilten wir zum Bahnhof zurück.

»Und jetzt?«, fragte ich Lea, als wir wieder vor Schrotti standen, der nach Ablauf der Kurzparkzeit Strafzettel gesammelt hatte, die allein vom Papierwert her seinen Wiederverkaufspreis überstiegen.

»Ich denke, wir gehen unserer Wege«, sagte sie und bat mich, den Kofferraum zu öffnen, damit sie ihren Seesack herausholen konnte. »Ist doch schon ein Wunder, dass wir es bis hierhin geschafft haben. Kaum Staus, kein Unfall. Und das bei diesem Schneetreiben. Keine Zwischenfälle.«

Keine Zwischenfälle?

Wäre der Akku meines Handys nicht während der Mammutbestellung an Hotelzimmern in die Knie gegangen, hätte ich jetzt mit der Taschenlampe ihre Pupillenfunktion auf erneuten Drogenkonsum getestet. So sah ich nur auf meine Uhr. »Es ist jetzt Viertel nach vier«, sagte ich mehr zu mir selbst als zu Lea. »Selbst mit einem Hubschrauber würden wir es nicht mehr rechtzeitig nach Hamburg schaffen.«

»Das müssen wir auch gar nicht«, sagte sie.

»Wieso?«

»Tara hat mir eine Sprachnachricht geschickt. Die OP wurde auf morgen früh verlegt.«

Ich dachte laut nach. »Das heißt, wir könnten langsam nach Hamburg tuckern, du kannst mit deinem Vater in vier Stunden zu Abend essen, und ich komme rechtzeitig nach Berlin?«

»Theoretisch.« Sie nickte.

»Also hast du es dir anders überlegt?«

»Wie?«

»Vorhin hast du noch gesagt, du willst deinen Vater im Leben nie wiedersehen.«

Sie zuckte mit den Achseln. Angesichts ihrer Atemwolken musste ich an Eddy denken, der mal kurz davor gewesen war, die Feuerwehr zu rufen, weil er dachte, die nahe gelegene Reifenfabrik würde brennen; dabei hatte nur ein E-Zigaretten-Fan unter seinem Balkon eine neue Geschmacksrichtung getestet.

»Fuck, ich bin halt unsicher, okay? Das ist 'ne schwere Entscheidung für mich«, sagte Lea.

»Solange du mich nicht einweihst, kann ich dir nicht helfen.«

Ein einsetzender Hagelschauer nahm uns zumindest die Entscheidung ab, wo wir unsere Unterhaltung fortsetzen sollten.

Murmelgroße Eiskörner trieben uns in den Wagen, dessen Heizung zum Glück noch immer in Warp-Geschwindigkeit arbeitete.

Nun, und da wir schon mal mit tuckerndem Motor unter dem Hintern im Warmen saßen und ich keine Lust auf noch mehr Straftickets hatte, entschied ich mich, den Motor auch zu nutzen, und wir rollten vom Parkplatz.

Ich bin mir sicher, wäre ich weniger aufgeputscht von meiner vermeintlichen Heldentat gewesen, hätte ich den bestimmt einmillionsten Fehler an diesem Tag nicht gemacht. Aber so war ich noch immer so endorphinerfüllt, dass ich alle bisherigen Nahtoderfahrungen in den Wind schlug und Lea tatsächlich überredete, den Umweg über Hamburg zu riskieren. Ich benahm mich wie eine Mutter, die gerade eben noch eine Bowlingkugel in Form eines Babys aus dem Unterleib herausgepresst hat und, kaum dass man ihr das Neugeborene in die Arme legt, sofort in eine Geburtsschmerzamnesie fällt, sodass sie nur wenige Minuten nach dem Dammschnitt sagt: »Ich könnte mir vorstellen, noch ein zweites Kind zu bekommen.« Stell ich mir zumindest so vor, ich war ja noch nie in einem Kreißsaal. Bis vor Kurzem hatte ich noch geglaubt, die Dinger wären tatsächlich kreisrund, bis mir jemand erklärte, dass der Name vom Kreischen kommt; eine Lautäußerung von Gebärenden, die ich wahrlich nachvollziehen kann. Ich befürchte, würden Männer Kinder bekommen müssen, wäre die Welt ein sehr einsamer

Ort. Vielleicht waren die anderen Planeten in unserer Galaxie ja deshalb alle unbewohnt? Weil vor zwei Milliarden Jahren dort der letzte Mann ein Kind bekommen sollte, bei der ersten Wehe aber schon dreimal auf die Matte klopfte und allen Geschlechtsgenossen dringend von derartig selbstzerstörerischen Praktiken abriet.

Aber ich schweife ab. Das tat Lea im Übrigen auch, indem sie unsere Unterhaltung auf ein Thema lenkte, das mir vermutlich noch unangenehmer war als ihr die Sache mit ihrem Vater.

27. Kapitel

Allerdings tat sie das verflixt geschickt. Bei ihrer ersten Frage kapierte ich nämlich noch nicht, worauf Lea hinauswollte, und ging ihr mal wieder argumentativ in die Falle.

»So, ich schätze, jetzt musst du deinen Ratgeber für deinen ungeborenen Sohn noch einmal überarbeiten, was, Beppo?«

Draußen hagelte es nicht mehr, dafür wurde es dunkler, was sich in Kombination mit unseren kerzenlichtschwachen Scheinwerfern als wenig vorteilhaft erwies, als wir den Weg zurück zur Autobahn suchten.

»Wieso?«

»Na, um das eben Erlebte mit einzubauen. Die Lehre, die du daraus gezogen hast und weitergeben willst.«

Ich schüttelte den Kopf. »Das muss ich nicht einarbeiten. Genau über das, was wir eben getan haben, habe ich bereits ein Kapitel geschrieben.«

Sie blickte skeptisch nach links. Also zu mir. »Echt, wie heißt es?«

»Tu etwas!«

Sie zog die linke Augenbraue hoch. Vielleicht auch die rechte, aber die konnte ich aus dem Augenwinkel heraus nicht sehen.

»Ein literarischer Headliner ist an dir nicht gerade verloren gegangen.«

»Gut, an der Überschrift kann man noch feilen, aber der Inhalt des Kapitels lässt sich prägnant in einem Satz zusammenfassen: Wenn du darauf wartest, alles für jeden machen zu können anstatt etwas für wenige, wirst du am Ende nichts für niemanden tun.«

»Gut geklaut«, sagte sie und nickte. »Aber zu kurz gedacht.«

»Wie zu kurz?« Ich fuhr automatisch schneller, was mir in meinem Redefluss aber kaum auffiel. »Es ist doch eindeutig. Du kannst jetzt schon auf die Nachrichtenportale gehen und wirst dort in den Kommentarspalten lauter Besserwisser finden, die Sätze posten wie: *Toll, eine Nacht dürfen sie im Warmen pennen, und dann geht's mit Arschtritt wieder zurück auf die Straße.*«

»Was ja so falsch nicht ist«, warf Lea ein.

»Nein, aber trotzdem. Ich verstehe diesen modernen Social-Media-Irrsinn nicht, dass gerne mal diejenigen beschimpft werden, die etwas Gutes tun, wohingegen die am besten wegkommen, die die Hände in den Schoß legen. Er hier zum Beispiel …« Ich zeigte auf einen Mann mit Hut im Auto, den wir (man höre und staune!) gerade überholten und der tatsächlich in einem Mercedes saß, nur die Klorolle auf der Ablage fehlte, die war ihm vermutlich im ersten Lockdown geklaut worden. »Der hat heute keinem Obdachlosen geholfen. Also wird er im Netz auch nicht beschimpft.«

»Ja, aber er hat auch keinen Adrenalinkick gehabt und behält keine unvergessliche Erinnerung zurück.«

»Hm.« Guter Punkt.

Wobei wir das so genau natürlich nicht wissen konnten.

Vielleicht kam der Hutträger gerade von einer Konferenz mit Elon Musk und hatte sich den nächsten Platz in einer Marsexpedition gesichert. Unwahrscheinlich, aber hey, als die Menschen zum ersten Mal *Conan der Barbar* sahen, hatten sie sich sicher auch nicht vorstellen können, dass sie dem zukünftigen Gouverneur Kaliforniens gerade beim Gladiatorenkampf zuschauten.

»Deine Gedanken schwimmen schon in die richtige Richtung, aber sie haben das Ufer noch nicht erreicht«, sagte Lea. »Natürlich geht es im Leben immer darum, *etwas* zu tun. Und natürlich steht das Etwas immer mehr in der Kritik als das Nichts. Willst du keine schlechten Bewertungen für deinen Ratgeber, darfst du ihn nicht schreiben.«

»Aber?«

»Aber davor steht eine Erkenntnis, die wir alle spätestens seit Corona verinnerlicht haben sollten.«

»Dass vierlagiges Toilettenpapier zum Statussymbol werden kann?«, sagte ich in Erinnerung an den Klorollen-Mann, den wie eben überholt haben.

»Dass wir viel zu wenig über den Tod nachdenken.«

Sie griff sich in den Nacken, der ganz offensichtlich verspannt war. Wenn er ähnlich verhärtet war wie meiner, würde sich ein durchschnittlicher Masseur die Finger an uns brechen.

»Schau, kaum jemand stirbt gerne, wage ich jetzt mal zu behaupten. Die meisten verdrängen den Tod, auch wenn das angesichts der Flut von schlechten Nachrichten immer schwieriger wird. Irgendwann haben wir einen kompletten Overload an Meldungen von Kindstötungen, Klimakatastrophenunwettern oder Kernschmelzen, um nur mal drei tödliche Ks aufzuzählen.«

Ich fragte mich kurz, wieso sie nicht mit Autobahnunfällen, Aids und Alligatorangriffen vorne im Alphabet begonnen hatte, doch da sprach sie schon weiter.

»Und wenn dann der Overload da ist, brauchen wir ein Ventil. Einige gehen zum Fallschirmspringen, andere auf den Rummel und fahren Wilde Maus, die meisten entscheiden sich für eine fiktionale Nahtodunterhaltung in Form eines Krimis oder Thrillers.«

»Okay, was sagt mir das jetzt?«

»Dass wir hin und wieder einen Schuss vor den Bug brauchen, um unser System zu resetten. Stell dir vor, wir würden jetzt einen Unfall bauen …«

Angesichts des bisher Erlebten bereitete mir diese Vorstellung keine allzu großen Schwierigkeiten.

»Wir würden überleben und ohne eine Schramme aus einem zerfetzten Wrack steigen. Was wäre dein erster Gedanke: a) Gott sei Dank, das Leben ist schön. Oder b) Verdammt, es regnet, und ich hab die Wäsche draußen aufgehängt?«

»Du meinst, ein Schicksalsschlag ordnet unsere Prioritäten neu. Das hat man ja hin und wieder schon mal gehört.«

»Genau. Ohne Nietzsche zu nahe treten zu wollen, aber manchmal müssen wir in den Abgrund hineinblicken, um das Paradies zu sehen.«

Ich lächelte, während die Windschutzscheibe vor mir erneut beschlug. Diesmal versuchte ich es mit meinem Jackenärmel. »Schön, aber was hat das mit unserer Obdachlosenhilfe heute und meinem ›Tu was‹-Kapitel zu tun?«

»Nun, meiner Meinung nach müsste dein Kapitel eher lauten: ›Tu etwas unter Berücksichtigung deiner Sterblichkeit‹.«

»Ja, du hast recht. Das klingt jetzt sehr viel geschmeidiger als meine Überschrift.«

»Punkt für dich.« Sie lachte. »Aber damit du verstehst, was ich meine, schenke ich dir ein weiteres geklautes Zitat für deine Kalenderspruchsammlung: ›Die meisten Menschen haben viel zu viel Angst vor einem kurzen Leben. Dabei sollten sie mehr Angst vor einem schlechten haben.‹«

Sie half mir mit einem Taschentuch bei meinen Versuchen, klare Sicht herzustellen, konterkarierte ihre Bemühungen aber dadurch, dass sie beim Sprechen nun direkt gegen die Scheibe hauchte. »Die Kritiker haben recht: Wir können die Obdachlosen nicht retten. Nicht alle. Nicht einmal die, die wir heute ins *Palace* geführt haben. Aber die traurige Wahrheit ist: Niemand auf dieser Welt kann gerettet werden. Das Leben ist endlich, daran können weder Ärzte noch Fitnesstrainer, noch Glücksgurus rütteln. Das, meine ich, ist eine der wichtigsten Corona-Lehren, die wir aus all dem Leid mitnehmen sollten: Wir haben nicht einen einzigen Menschen in der Pandemie wirklich gerettet. Aber wir haben viele Leben hoffentlich verlängert. Und selbst wenn es nur kurz, nur ein einziger Tag gewesen wäre, hätten wir ihm oder ihr zumindest die Möglichkeit gegeben, diesen einen, letzten Tag zu nutzen. Das ist das Einzige, was zählt. Nicht, wie lange jemand lebt, sondern wie gut. Nicht, wie sehr wir uns bemühen, unsterblich zu sein, sondern wie gewissenhaft wir danach streben, unsere Zeit mit Erinnerungen zu füllen.«

Ich ließ die Sätze eine Zeit lang auf mich wirken, dann ergänzte ich: »So etwas Ähnliches habe ich, ob du es glaubst oder nicht, auch in dem Buch für meinen Sohn geschrieben. Darin habe ich nämlich das Motto der Palliativbewegung zitiert: ›Es geht nicht darum, dem Leben mehr Tage zu geben …‹«

»… sondern den Tagen mehr Leben«, ergänzte Lea zustimmend.

»Okay, aber findest du wirklich, dass du mit einer Rauschgiftspritze im Arm ›dem Tag mehr Leben geben‹ kannst?«, wagte ich es, sie wieder auf ihren Drogenkonsum anzusprechen.

»Was hast du denn gegen Heroin?«

»Was ich …?« Ich stieß ein entgeistertes Lachen aus und stellte eine ebenso lächerliche Gegenfrage: »Was hast du gegen Menschenhandel oder Ebola?«

Sie verzog keine Miene, hatte ihre Frage zuvor also offenbar genauso ernst gemeint wie ihre nächste: »Heroin ist demnach der Antichrist. Aber ein Gläschen Wein oder die Fluppe zum Kaffee ist kein Problem für dich, oder?«

»Na ja, die Zigarette danach führt selten dazu, dass man eingenässt auf der Fixermatratze einer Neuköllner Crackbude aufwacht. Und die wenigsten müssen für ihr Feierabendbier Freiern den Hintern am Kottbusser Tor hinhalten.«

»Aber einige stehen mit Plastiktüten um die Stiefel gewickelt in Lumpen am Leipziger Bahnhof«, sagte sie leise, und gerade weil sie es nicht laut sagte, ließ mich das beschämt verstummen.

»Die Dosis macht das Gift. Paracelsus. Dieser Spruch steht doch bestimmt auch in deinem Ratgeber, oder?«

Ich nickte.

»Ein Mensch ist leider kein Fernglas. Du kannst nicht in ihn hineinsehen. Jeder trägt ein Geheimnis in sich. Allein schon mit unserer Kleidung wollen wir von unserem nackten Ich ablenken und eine Rolle spielen.«

»Du meinst, wir tragen alle eine Maske?«

»Ja.«

»Und was ist deine, die man dir nicht vom Kopf reißen soll?«

Unbewusst fasste sie sich in die Haare. »Das sag ich dir, wenn du deine fallen lässt. Aber hey … sieh mal.« Sie zeigte mir ihr Handy.

Ich deutete auf die Rücklichter vor uns. »Kann ich nicht lesen, wenn wir den Nachmittag überleben wollen.«

»Ich krieg immer lokalisierte Werbung«, erklärte sie mir. »Geotagging nennt sich das. Sobald irgendetwas in der Gegend, in der ich gerade bin, besonders empfohlen wird, ploppt es bei mir auf. Und das hier, das klingt spitze.« Sie las mir die Inhaltsbeschreibung der Dienstleistung vor, die sie in Anspruch nehmen wollte.

»Nein! Oh, nein. Wir haben gesagt: Keine Unterbrechungen mehr bis Hamburg.«

»Ach, komm schon. Das wollte ich schon in Leipzig machen, aber das ging ja dann nicht. Hey, das wird uns guttun.«

Wieso erinnerte mich ihr letzter Satz an eine uralte Comedy-Rubrik im Radio, mit dem Titel »Letzte Worte«?

Zum Beispiel: Letzte Worte eines Beifahrers: »Rechts ist frei!«

Oder: Letzte Worte eines Bergsteigers: »Die Haken waren nicht mal teuer.«

Oder eben: Letzte Worte einer exzentrischen Reisebegleitung: »Das wird uns guttun!«

Gefolgt von den meinen: »Meinetwegen, aber ich warte derweil im Auto.«

Wir nahmen die nächste Ausfahrt.

A5
DESSAU-
ROSSLAU

28. Kapitel

Komm schon, zier dich nicht so. Ich hatte mich in Leipzig schon so drauf gefreut. Die Massage holen wir jetzt nach!«

»Hier?«, fragte ich mit Blick auf die trostlosen Gebäude, die wir passierten. »Ausgerechnet in dieser Gegend?«

»Exakt.«

Ich erklärte ihr, mir sei bis dato nicht bewusst gewesen, dass Dessau-Roßlau für seine luxuriösen Wellness-Angebote bekannt war. Aber gut, ich hatte bis zu unserem Abzweig dorthin auch keine Ahnung gehabt, dass dieser kreisfreie sachsen-anhaltinische Ort neben Weimar die einzige deutsche Stadt ist, die gleich zweimal auf der Weltkulturerbe-Liste der UNESCO vertreten ist. Einmal mit dem Bauhaus Dessau (ich spare mir hier den naheliegenden Heimwerker-Gag) und ein zweites Mal mit dem Wörlitzer Gartenteich.

Aslambeks Day-Spa zählte eher nicht zum Kulturerbe, auch wenn dieser in einem Bungalow untergebracht war, dessen Architektur man mit einiger Fantasie als »abstrakten Bauhaus-Stil« bezeichnen könnte. Oder eben »Flachdach-Doppelgarage vor einem Plattenbau«.

»Das sieht aus wie ein Bordell«, äußerte ich meine schlimmsten Befürchtungen, nachdem Schrotti sich auf einem der verdächtig zahlreichen freien Parkplätze in den Stillstand gehustet hatte.

Rote Innenbeleuchtung. Zwar kein Herz im Fenster, dafür aber ein blinkender Stern. Nun gut, Weihnachten war ja gerade erst durch.

»Nein, ganz im Gegenteil. Lies mal die Bewertungen!« Lea schwenkte kurz ihr Handy in meine Richtung. »Wer sich ein sinnliches Abenteuer erhofft, wird enttäuscht das Weite suchen, schreibt gleich der erste User. Die sind hier auf Zivilisationsprobleme spezialisiert.«

»Schlechtes WLAN im ICE?«

»Handynacken, Computerarm, Bürorücken.«

Aha. Das klang gut. Früher hatte Yvonne hin und wieder meinen schiefen Hals geknetet, bis ich wieder halbwegs anständig Klausuren am Schreibtisch korrigieren konnte. Nach der Trennung hatte ich es einmal mit einer Schlagpistole aus dem Onlineshop versucht, sie aber gleich beim ersten Mal falsch angesetzt und mir einen handfesten Hexenschuss Marke Eigenbau in die Muskulatur gewummert.

Seitdem fing ich vor Entspannung an zu weinen, wenn ich am Flughafen abgetastet wurde.

»Du kannst da alleine reingehen«, wiederholte ich dennoch mit Blick auf die gläserne Eingangstür, die Aslambek mit einem Perlenvorhang vor neugierigen Blicken abgeschirmt hatte. »Bei mir wirken die Ibus zwar mittlerweile«, natürlich hatte ich schon mehr als die Tageshöchstdosis genommen, »aber ich fürchte, ich bin nicht in der Lage, meinen lädierten Kopf in so einen Massagering auf der Liege zu pressen.«

»So läuft das hier nicht. Die haben eine ganz andere Methode. Sieh mal. Nur Fünf-Sterne-Ratings«, sagte sie und stieg aus dem Auto. »Ich lad dich ein. Nach deiner tollen Aktion im *Palace* hast du dir etwas Entspannung verdient.«

Allein mit diesem Argument hätte Lea mich nicht in die Falle locken können. Aber das durchtriebene Biest köderte mich nun mit der Verheißung, dass ich im Spa doch bestimmt mein Handy würde aufladen können, nachdem mein Ladekabel ja leider irgendwo hinter dem Restaurant des Rasthofs Nürnberg-Feucht vom Wind bewegt in einer Hecke baumelte.

Und tatsächlich. Der überaus nette und zuvorkommende Inhaber des Massagesalons hatte nicht nur ein passendes Kabel, er gewährte mir auch Zugang zu einer Steckdose.

Und das zu meinem überaus großen Unglück.

29. Kapitel

Aslambek ist, wie wir rasch von dem freundlichen Spa-Besitzer erfuhren, ein tschetschenischer Vorname. Wenn in schlechten Actionfilmen Vorurteile bedient werden sollen, dann entscheiden sich die Regisseure meist dafür, den schlimmsten Folterknecht und Schläger mit einem zwei Meter großen und fast ebenso breiten Bürger aus dem Nordkaukasus zu besetzen. Nun, der Mann, der uns mit einem strahlenden Lächeln empfing, kaum dass wir seinen Massagesalon betreten hatten, wäre für ein martialisches Söldnermovie die komplette Fehlbesetzung gewesen. Mit den schlanken Klavierspielerhänden, den dunklen und klugen Augen hinter einer John-Lennon-Brille und einem zweckmäßigen, aber eleganten Freizeitanzug hätte er hingegen bestens den melancholischen Buchhändler in einer Notting-Hill-Liebeskomödie spielen können.

»Wie wunderbar, Sie hier!«, begrüßte er uns mit einem harten, aber melodischen Akzent. Dann bot er uns Tee aus einem Samowar an, was ich ablehnte, Lea aber mit einem »If it's free, take it«-Kommentar dankend annahm.

»Wir haben eine anstrengende Fahrt hinter uns«, begann sie mit der Untertreibung des Jahrhunderts. »Wir würden uns gerne entspannen.«

»Gut, sehr gut«, entschied Aslambek. Dann wurden seine Augen kurz wachsam: »Aber kein Schweinkram hier«, sagte er, was mich glücklich stimmte. »Männer und Frauen getrennt. Lady hier bei Aymani.«

Wie aufs Stichwort trat eine Frau durch einen Perlenvorhang rechts von uns.

»Meine Schwester«, teilte Aslambek uns stolz mit.

Aymani selbst war etwas schweigsam, genau genommen sagte sie nichts, zumindest nicht in meiner Gegenwart, aber sie lächelte ebenso höflich wie ihr Bruder.

Lea zeigte mir den gehobenen Daumen, bevor sie mit Aymani hinter dem Perlenvorhang verschwand, und ich stand auf, um ihrem Bruder in die andere Richtung zu einem anderen Vorhang zu folgen.

Der hochgestreckte Daumen war übrigens das Letzte, was ich in diesem Salon von Lea sehen sollte.

MASSAGE
AS
VODKA

30. Kapitel

Hier, bitte.«

»Was ist das?« Ich stellte die Frage, obwohl ich mir eigentlich recht sicher war, was ich da aus dem Leinentuch gewickelt hatte. Aslambek hatte es mir überreicht, kurz nachdem wir auf unserem Gang durch die Flure vor einem Kühlschrank haltgemacht hatten.

Es sah aus wie Butter, roch wie Butter, und als ich den mir beim Auspacken vollgeschmierten kleinen Finger ableckte, schmeckte es auch wie Butter.

»Mach es!«, forderte Aslambek mich auf.

»Was *machen?*«

Ich nahm mir vor, Lea umzubringen, sollte sie mich angelogen und doch in einen Perverso-Puff geschleppt haben, dessen Spezialität eine Ganzkörper-Butter-Einreibung war, bevor die Gäste auf einer Streckbank vergewaltigt wurden.

Aber Aslambek sagte »Essen!« und machte schmatzende Geräusche, während er mit dem Mund Kaubewegungen imitierte. Beides beruhigte mich nicht sonderlich.

»Ich soll mir ein Zweihundertfünfzig-Gramm-Butterstück reinziehen?«

Er nickte freundlich, als hätte ich ihn gefragt, ob er den Duft von Rosen im Morgentau auch so mochte.

»Um Himmels willen, wieso?«

Allein die Vorstellung war fast noch ekliger als der Hamburger auf dem Rasthof Nürnberg-Feucht Ost.

»Ist gut für Körper«, sagte er, doch auch damit überzeugte er mich nicht. Er murmelte so etwas wie »Ist gut. Freies Land, deine Wahl«, nahm mir die Butter wieder ab und führte mich durch den bestimmt fünften Perlenvorhang.

Die Doppelgarage erinnerte mich zunehmend an ein von J. K. Rowling entwickeltes magisches Gebäude. Von außen hatte sie nicht größer ausgesehen als zwei Telefonzellen. (Kennt die eigentlich noch jemand?)

Im Inneren öffnete sich nach jedem Vorhang ein noch größerer Raum. In dem jetzigen war eine schlichte, aber stabil aussehende Holzsauna untergebracht. Sie bullerte auf vollen Touren. Ein angenehmer Holz-Kräuter-Duft erfüllte meine Nase.

»Ich dachte, ich werde massiert?«

»Erst aufwärmen. Gut für Durchblutung und Gelenke.«

Okay, das ergab Sinn.

Aslambek löste sein Versprechen ein und verkabelte mein Handy mit einer Steckdose neben der Massageliege, dann zeigte er mir einen Vorhang, hinter dem ich mich ausziehen konnte, und reichte mir ein Handtuch.

Als ich wieder hervortrat, stand er ebenfalls entkleidet vor mir, rank und schlank wie ein Radfahrer, der für die Tour de France trainiert hat. Seine Brille hatte er abgelegt, war aber offensichtlich dennoch in der Lage, den Türgriff zu finden, mit dem er mir den Zugang zur Sauna aufhielt. Dankend setzte ich mich auf die unterste Bank. Gefühlt hatte Aslambek die Sauna auf die Betriebstemperatur eines Brennstabbeckens in einem Kernreaktor hochgejagt. Nur eine Sitzreihe weiter oben und meine Haare würden Feuer fangen.

»Tschetschenische Sauna sehr heiß«, lachte er. Ich konnte es nicht erwidern, weil ich Angst hatte, dass meine Lungen sonst von innen verglühten. Also atmete ich so flach und so knapp wie nur irgend möglich.

Dass Aslambek es selbst nicht für nötig hielt, sich zu setzen, sondern milde lächelnd neben dem Brennofen der Sauna stehen blieb, stimmte mich etwas unruhig. Was mich allerdings noch mehr irritierte, war der Umstand, dass er eine Glasflasche in der Hand hielt.

»Der Aufguss?«, brachte ich nun doch heraus, als er den Schraubdeckel öffnete.

»Ja, ja«, grinste er. »Aufguss. Guter Aufguss.«

»Was ist da drin?«, wollte ich wissen, da kippte er den gesamten Inhalt von etwa einem Liter bereits über dem Ofen aus.

»Wodka!«, sagte er. »Guter, russischer Wodka.«

Vielleicht ist jetzt der richtige Zeitpunkt, Sie darauf hinzuweisen, dass die von mir sehr geschätzte Kollegin Frau Porretka-Schlombeck recht hatte, als sie in einer Biostunde die Lunge als eines der größten menschlichen Organe beschrieb. Nicht ganz so groß wie die Haut, aber doch groß genug, dass ein einziger Atemzug in einer Sauna von hundertzwanzig Grad mit vierzig Volumenprozent ausreicht, um sich in einen Promillezustand zu versetzen, für den man eigentlich drei Tage Kölner Karneval benötigt. Vorausgesetzt, man verträgt Alkohol so gut wie ich, der ich mich normalerweise eine ganze Party lang an einen Gin Tonic klammere.

Obwohl ich atmungstechnisch versuchte, den Brustkorb so flach wie möglich zu halten, stand ich schon zehn Sekunden nach dem Wodka-Aufguss kurz vor dem Delirium. An alles, was meinen weiteren Luftholversuchen folgte, kann ich mich nur noch schemenhaft erinnern. Als Aslambek mich irgendwann schulterte und aus der Sauna zu der Massageliege trug (es mochten Sekunden oder Wochen vergangen sein, ich hatte jedes Zeitgefühl verloren), wurde mir in einer tief versunkenen, noch funktionierenden Ebene meines Bewusstseins klar, weshalb es für meinen Stoffwechsel vielleicht doch ganz gut gewesen wäre, die Butter zu essen.

Obwohl. Wäre ich nicht so willen-, geradezu bewusstlos gewesen, hätte ich die anschließende Massage unter gar keinen Umständen überlebt. So aber war mein Körper derart schlaff und biegsam, dass Aslambek mich in absurde Positionen verrenken konnte, die im nüchternen Zustand garantiert eine Querschnittslähmung nach sich gezogen hätte. Ich bin mir sicher, ein Zirkusdirektor hätte mich sofort als Gummimensch unter Vertrag genommen oder als die Attraktion »Mann ohne Schmerzen« ausgestellt. Zum Beweis hätten die Übergewichtigsten unter den Zirkusbesuchern so auf mir herumspringen dürfen, wie Aslambek es gerade tat.

Übrigens: Zu jenem Zeitpunkt war ich mir noch sicher gewesen, mir die Titelmelodie von »Spiel mir das Lied vom Tod« während der »Massage« lediglich eingebildet zu haben.

Später erst, als ich auf der Beifahrerseite im Schrotti ganz allmählich wieder zu mir kam und in den vorbeiziehenden Leitpfosten nicht länger die Geister von Menschen sah, die mir in meinem Leben einmal wichtig gewesen waren, erklärte mir Lea, dass das alles keine Wahnvorstellung gewesen sei.

Auch nicht »Spiel mir das Lied vom Tod«.

31. Kapitel

»Das ist ein Spleen von ihm«, fügte sie hinzu, während ich noch immer sabbernd mit geschlossenen Augen den Kopf gegen das Seitenfenster presste.

»Aslambek macht damit Werbung. Seine Massage ist außergewöhnlich hart, muss sie auch sein, sonst kriegt man den Handynacken nicht locker. Und er hat gemerkt, dass die Videos supergut ankommen, in denen er zu ›Spiel mir das Lied vom Tod‹ die tschetschenische Schlagmassage durchführt.«

Ich hielt die Augen geschlossen und versuchte, die Worte auf mich wirken zu lassen, ohne mich zu übergeben. Fragen Sie mich nicht, wie lange ich diesen inneren Kampf austrug, bis ich ihn in diesem Moment verlor.

Meine Würgegeräusche waren wohl Signal genug, Lea zum Anhalten zu zwingen. Sie tat es irgendwo zwischen Neuruppin und Wittstock/Dosse auf dem Haltestreifen, wo ich mich hinter der Leitplanke übergab.

Bis zu diesem Vorgang wäre ich nicht einmal mehr in der Lage gewesen, meinen Namen zu buchstabieren. Jetzt, nachdem ich gut zwei Kilo leichter war, kam mir beim Anblick der Sauerei, die ich hier hinterlassen hatte, der bescheuerte Autoaufkleber meines Cousins in den Sinn.

Niemand mag gelben Schnee!

Es ging mir also besser, als ich wieder ins Auto stieg. Wobei »besser« keine allzu große Veränderung darstellte, wenn man kurz zuvor noch davon überzeugt gewesen war, dass es selbst für den Priester zu spät wäre.

»Wusstest du, dass Aslambek einer von fünf Menschen in Deutschland ist, die so etwas können?«, fragte Lea, als wir wieder anfuhren.

Menschen über die Lunge mit Alkohol druckzubetanken, um danach mit ihren Gliedmaßen Mikado zu spielen?

»Ein Video?«, sabberte ich, weil ihre letzten Worte vor meinem uneleganten Ausfall an der Leitplanke erst jetzt in ihrer Gänze zu mir durchdrangen.

»Es gibt ein Video, auf dem ich besoffen und nackt in einem Saunaclub vertrimmt werde?«

»Das Video sollte deine geringste Sorge sein.«

Ich sah sie schief aus tränenden Augen an. Mir war so kalt, wie mir schlecht war, und das lag daran, dass ich plötzlich Angst bekam.

»Warum sagst du das?«, nuschelte ich bang.

»Yvonne hat angerufen.«

Unmöglich. Mein Handy hatte ja keinen Empfa… *Oh, Gott!*

Aslambek hatte es aufgeladen, kurz bevor er mich ins Koma saunierte.

Ich tastete nach meinem Telefon und fand es in der Seitentasche meiner Jacke. Voller Akku. Noch vollerer Nachrichtenspeicher.

Dreiunddreißig Anrufe in Abwesenheit? Zwölf Nachrichten auf der Mailbox.

Und alle von …

A24
YVONNE

Schlagartig war ich nüchtern, nun ja, jedenfalls nüchterner als zuvor. Schon erstaunlich, was Todesangst so alles bewirken kann.

»Du bist doch um Himmels willen nicht drangegangen?«, fragte ich Lea. In diesem Moment klingelte Yvonne wieder durch, und ich überlegte ernsthaft, ob ich das vibrierende Handy nicht einfach aus dem Fenster werfen sollte. Vielleicht löste sich ja alles irgendwie in Wohlgefallen auf, wenn ich Yvonne meine mangelnde Erreichbarkeit damit erklärte, dass mir mein Telefon irgendwie bei voller Fahrt aus dem Auto geflogen war.

»Quatsch, ich würde nie an eine fremde Funke gehen«, wehrte Lea ab, und mein Wechselbad der Gefühle setzte sich fort. Denn für den Moment war ich erleichtert, dass Yvonne von ihr nicht in eine Diskussion über Sinn und Unsinn aufgefrischter Ehegelöbnisse verwickelt worden war, während ich von einem tschetschenischen Massagemeister vermöbelt wurde.

Die Erleichterung war nicht von langer Dauer. Im Grunde war sie schon wieder verschwunden, als Lea sagte: »Die Wände bei Aslambek waren megadünn, oder? Ich lag im Nebenraum. Genoss übrigens eine sehr entspannende Wellnessmassage. Aymani mag keine Sauna. Und sie kann das nicht, was ihr Bruder macht.«

Eine Information, die mich gerade in etwa so interessierte wie ein Rabattcode für Haarverlängerungen.

»*Was* hast du gehört?«, wollte ich sehr viel dringender wissen.

»Nicht viel. Aslambek hat nur kurz mit ihr gesprochen. Er hatte auf laut gestellt.«

Ich glaube nicht, dass es einen Zeitlupenfilter gibt, der

meine Kopfbewegung noch langsamer hätte einfangen können. In absoluter Slow Motion drehte ich das Gesicht nach links, bis meine Augen schließlich auf Leas Mund ausgerichtet einrasteten.

»Aslambek hat mit Yvonne geredet?«

Lea seufzte, und ich beschloss vor Entsetzen, mein Handy erst einmal komplett auszuschalten.

»Okay, pass auf, Beppo. Ich geb die Unterhaltung mal so wieder, als ob du selbst dabei gewesen wärst.«

32. Kapitel

Hallo?«

»Ja, hallo?«

»Wer ist denn da?«

»Aslambek.«

»Äh, ja, gut. Oder auch nicht. Dürfte ich bitte Livius sprechen?«

»Leider geht nicht.«

»Wieso nicht? Ähmm, sind Sie einer der, ähhh …, der Obdachlosen?«

»Ich Aslambek.«

»Gut, ja, das hab ich verstanden, aber was machen Sie mit dem Handy meines Mannes?«

»Verheiratet? Hat er nicht gesagt. Dachte, er ist mit andere hier zusammen.«

»Andere? Meinen Sie diesen Leo?«

»Nein. Nicht Leo. Lea. Hübsches Mädchen. Etwas zu jung für Mann.«

»Von wem zum Teufel sprechen Sie?«

»Von Frau, die mit ihm massiert wird.«

Pause.

»Hören Sie mal, Sie geben mir jetzt sofort meinen Mann und hören auf mit dem Quatsch.«

»Kein Quatsch. Erst Wodka-Sauna, dann ...«

»Moment. Sagten Sie eben Wodka?«

»Ja. Eine Flasche. So, so gut für Sauna. Jetzt er liegt vor mir auf Liege. Gut biegsam. Wird ordentlich von mir rangenommen.«

»Rangenommen?«

»Problem in Leitung oder warum fragen alles doppelt?«

»Livius wird von IHNEN rangenommen?«

»Ja. Von Aslambek. Wird hart, aber schön.«

»GEBEN SIE IHN MIR!!!«

»Okay, Moment.«

33. Kapitel

»Wie, *Moment?*«

Jetzt war mir nicht mehr kalt. Im Gegenteil.

Meine Mutter hatte früher über extreme Hitzewallungen geklagt, als sie in die Wechseljahre kam. Seit dieser Sekunde konnte ich mitreden. Oder besser: mitkrächzen, denn mir hatte es vor Entsetzen die Stimme verschlagen.

»Ja, er muss dir dann das Telefon weitergereicht haben, denn du hast mit Yvonne gesprochen«, sagte Lea.

»Nicht dein Ernst.«

»Doch.«

Mir war es ein Rätsel, wie es Lea gelang, seelenruhig geradeaus zu fahren, während mein Leben gerade einmal quer durch die Hecke gezogen wurde.

»Was hab ich zu ihr gesagt?«, flüsterte ich, und wenn es eine Frage gab, auf die ich eigentlich gar keine Antwort hören wollte, dann diese.

»Konnte ich nicht hören. Du hast mehr so gelallt und gegrunzt. Außerdem lief da schon ›Spiel mir das Lied vom Tod‹, und Aslambek klatschte dir auf dem Hintern rum.«

Alles klar. Vor meinem geistigen Auge lief der Abspann der Verfilmung meiner Autobiografie, die statt der vollen Neunzig-Minuten-Fassung ein Kurzfilm geworden war, weil ich mich in Höhe der Raststätte Fläming Ost aus einem Kleinstwagen geworfen hatte.

»Das ist ein Scherz?«

»Nope.«

Okay, tief einatmen. Ausatmen. Dann wieder einatmen.

Was pflegte mein Vater immer zu sagen? Es gibt auf alles eine Antwort! Ganz sicher auch auf die Frage, wie ich Yvonne erklären sollte, dass ich es vorzog, mir in Begleitung einer jungen Heroinsüchtigen in einer Dessau-Rosslauer Wodkasauna schockalkoholisiert von einem nackten Wellness-Guru den Hintern versohlen zu lassen, anstatt mich mit ihr in Berlin zum Versöhnungsabendessen zu treffen. Ich ging im Geiste schon mal meinen Rückruf durch.

»Ach du, ja, ne, wie das eben manchmal so ist, Yvonne. Du kennst doch solche Tage. Da wird dein Flug gestrichen und schwups, hast du einen Schweinetransporter geklaut, einen Mietwagen unterschlagen, wurdest von einem Automechaniker mit einem Sandsack und von einem Masseur mit einem Hacksteak verwechselt. Ist dir doch auch schon mal passiert, oder?«

»Na klar«, würde sie antworten. »Sei froh, normalerweise lande ich bei Flugausfällen in den Fängen einer wild gewordenen Heimleiterin, die mich wegen Belästigung ihrer Senioren bei der Polizei anzeigt. Aber meistens räume ich danach unser Konto leer und flute ein Fünfsternehotel mit Obdachlosen. Kein Wunder, dass du meine dreiunddreißig Anrufe verpasst hast, du Armer.«

Dann würden wir herzhaft lachen und uns gegenseitig bestätigen, wie schön es doch war, dass wir uns nach so vielen Jahren noch immer so viel zu erzählen hatten.

Ich will ja nicht anmaßend rüberkommen, aber wenn Sie

einen derartigen Dialog für plausibel halten, sollten Sie das Personal vor Ihrer Zelle bitten, die Dosierung zu erhöhen.

Die empfohlene Tagesration an dem, was mein europäischer Durchschnittsverstand ertragen konnte, ohne dass der Kessel im Kopf wie ein kaputter Schnellkochtopf explodierte, war jedenfalls längst überschritten. Wobei ich eher implodierte.

»*Was zu viel ist, ist zu viel*«, sagte sich nicht nur mein Verstand, sondern auch mein Körper. Und von einer Sekunde auf die andere fiel ich, wie von einem Holzhammer gefällt, in den Tiefschlaf.

Zwei Stunden später hatte ich meinen Rausch noch immer nicht ausgeschlafen, konnte aber die Wellen, die mir gegen das Gesicht klatschten, nicht länger ignorieren.

Hamburg

34. Kapitel

Zu Ihrer Beruhigung: Wir befanden uns zwar irgendwo in der Hamburger Hafencity, aber Lea hatte es nicht fertiggebracht, uns mitsamt Wagen in die Elbe zu lenken. Und dennoch: Das Gefühl, von den Wassermassen, die auf mich einströmten, gleich ertränkt zu werden, konnte sich nicht allzu sehr von dem unterscheiden, wirklich im Hafenbecken versenkt worden zu sein.

Tatsächlich aber – und das war nur minimal beruhigend – saß ich noch immer auf dem Beifahrersitz von Schrotti und wähnte mich dabei auf dem Höhepunkt einer Waterboarding-Session.

Das lag an zwei Umständen, die sich in der Kombination fatal potenzierten. Erstens: Es regnete wie 1962 bei der Hamburger Flutkatastrophe. Und zweitens: Wir hatten keine Windschutzscheibe mehr.

Beides jedoch hielt Lea nicht davon ab, mit etwa fünfzig Sachen durch eine verkehrsberuhigte Zone zu brettern.

»ÄHH … HALLOOHOOOO?«, schrie ich sie an, kurz nachdem ich knapp einen Liter Regenwasser ausgehustet hatte. »WIR HABEN KEINE SCHEIBE MEHR!«

Gut, das war unsinnig. Hätte Lea bis jetzt nicht mitbekommen, dass die Frontscheibe in unzähligen Splittern zerbröselt im Innenraum verteilt lag, hätte ich mir noch sehr viel mehr Sorgen über ihren Geisteszustand machen müssen – und das war wohl kaum noch möglich.

»JA. IST RAUS!«, setzte sie die vielleicht absurdeste Unterhaltung dieser an absurden Unterhaltungen wahrlich nicht armen Fahrt fort.

»DESHALB FAHRE ICH SCHNELLER!«

Na klar. Logisch. Kennen Sie den Darwin Award, bei dem alljährlich die bescheuertste Todesart gekürt wird? Ich war mir sicher, dass die letztjährigen Gewinner ähnliche Sätze von sich gegeben hatten à la: »Wir haben keinen Fallschirm, deswegen springe ich schon mal raus.« Oder: »Die Handgranate hat nicht gezündet, deswegen hebe ich sie mal auf.«

Ich versuchte es bei ihr mit einem freundlich gebrüllten:

»HALT SOFORT AN!«

Das tat sie, aber nicht wegen meiner Intervention, sondern weil sie vor einer roten Ampel dann doch Respekt hatte.

Die Insassen im Auto neben uns glotzten ebenso wie die Passanten, die unter Garantie mit unserem Auto vor der Handykamera live auf Instagram gegangen wären, hätten sie nicht alle Hände voll damit zu tun gehabt, im überspülten Rinnstein nicht zu ertrinken.

Da wir jetzt standen, musste ich nicht mehr ganz so laut schreien. »Was zur Hölle ist denn passiert?«

»Da stand was«, sagte Lea. Ihr Gesicht war so nass wie das eines Tauchers. Oder wie meins.

»Was?«

»Ich hab es für einen Einkaufswagen gehalten.«

»Ein Einkaufswagen auf der Straße?«

»Ja. Und da saß jemand drin.«

»Wer?«

»Ich weiß nicht. Er hatte eine Tuba.«

»Ein Tubaspieler saß in einem Einkaufswagen?«

»Und er spielte ganz laut. Und schrill. Ich hatte mich nicht unter Kontrolle und hab Gas gegeben.«

»Du hast einen Tubaspieler in einem Einkaufswagen überfahren? WILLST DU MICH VERARSCHEN???«

»JAHA, NATÜRLICH. WAS DENKST DU DENN?«, schrie sie nicht weniger laut und fuhr wieder an, da die Ampel auf Grün umgesprungen war.

Seltsam, dass ich über diesen Humor gerade nicht lachen konnte. Was gibt es denn Lustigeres, als mit fehlender Windschutzscheibe durch den Eisregen gekarrt zu werden und sich dabei über Tubaspieler zu unterhalten? Für einen Moment hatte ich allerdings wirklich geglaubt, ein verzweifelter Musiker, der seit Corona für keine Auftritte mehr gebucht worden war, hätte sich zum Zeichen seiner Kapitalismuskritik in einen Einkaufswagen gesetzt, um *Moon River* zu intonieren, während Lea vorbeigurkte, und ihr war nach den hundertdreiunddreißig Versionen im Radio von heute Mittag dann endgültig die Sicherung rausgeknallt.

»Sie ist einfach rausgefallen«, versuchte sie mir einen Block später zu erklären, was wirklich geschehen war. Zu diesem Zeitpunkt hatte sie Schrotti Gott sei Dank am Straßenrand unter einer Laterne abgestellt, und wir waren vor den Wolkenbrüchen unter das Vordach eines Mietshauseingangs geflüchtet. Zuvor allerdings hatte Lea noch ihren Seesack aus dem Kofferraum gezerrt.

»Einfach rausgefallen?« Ich zitterte am ganzen Körper und klapperte mit den Zähnen.

»Gut, ich war vielleicht etwas wütend geworden, weil sie

schon wieder von innen beschlug, und hab mehrfach mit der Faust dagegengeschlagen.« Lea machte eine entsprechende Handbewegung, als könnte ich mir das sonst nicht vorstellen. »Irgendwo Höhe Jungfernstieg ist sie mir dann zerbröselt.«

Das erstaunte mich nicht. Eher, dass die Scheibe überhaupt so lange standgehalten hatte. Und noch vielmehr, dass in dem Vorkriegsmodell von Auto überhaupt so etwas wie Sicherheitsglas verbaut gewesen war.

»Okay, ich ruf uns ein Taxi«, schlug ich vor, wobei ein Rettungswagen zu einem auf Unterkühlungen spezialisierten Krankenhaus die bessere Idee gewesen wäre. Vielleicht konnten die uns ja direkt zu der Klinik bringen, in der Leas Vater morgen früh operiert werden sollte. Wenn Lea sich nicht komplett verfahren hatte, mussten wir ihm ja zumindest ein Stück weit schon entgegengekommen sein.

»Wozu brauchen wir denn ein Taxi?«, fragte Lea und trat aus dem Schutz des Vordachs, blieb aber ein Haus weiter unter dem roten Baldachin eines italienischen Restaurants wieder stehen. Sie hievte ihren Seesack auf die andere Schulter. »Was glaubst du denn, weshalb ich mein Gepäck aus dem Kofferraum genommen habe? Wir sind längst da, Beppo!«

ESAN
DA LUCA

35. Kapitel

Das *DaLuca* wirkte so unverdächtig harmlos, dass ich ob meiner in den letzten Stunden entwickelten Paranoia lieber in einem Hurrikan stehen geblieben wäre, als Lea in das Restaurant zu folgen.

»Komm schon, ich lad dich ein«, rief sie mir zu. »Als Wiedergutmachung.«

Ja, super. Eine Salamipizza und alles ist vergessen.

Ich zeigte ihr erst einen Vogel, dann legte ich die Hände an die Scheibe und konnte im Inneren des Lokals noch immer nichts entdecken, was mein mittlerweile trainiertes Frühwarnsystem triggerte.

Tatsächlich war der Laden, der ohne Zweifel das Prädikat »kitschig« verdiente, noch immer weihnachtlich geschmückt. Rentierfiguren samt Schlitten hingen von der Decke, ein Tannenbaum mit Echtkerzen funkelte vor einem flackernden Kamin, auf dessen Sims Engelsskulpturen im Kunstschnee drapiert waren. Genau die richtige Kulisse für das Liebespaar, das sich an einem kleinen Holztisch mit rotweiß karierter Tischdecke Händchen haltend anschmachtete. Obwohl, gerade blickten sie etwas irritiert zu dem nassen Tropf, der von außen durch die Scheibe spannte. So gesehen war ich das Einzige, was hier die Harmonie störte.

»Nun komm schon, ich kenn die Bude. Hier gibt es die beste Pasta der Welt. Und auf dem Klo haben sie echte Handtücher. Lass uns erst mal trocken rubbeln.«

Es brauchte weitere dreißig Sekunden, bis ich ihr hinterhertrottete.

Hinter der Tür des *DaLuca* betrat man zunächst einen schmalen Gang, an dessen Wänden die obligatorischen Fotos von Promis hingen. Ich kannte die meisten Gesichter, was schon mal dafür sprach, dass diese Gäste noch zu berühmt für das nächste Dschungelcamp waren.

Selbst der Flur ließ eine Liebe zum Detail bei der Inneneinrichtung erkennen: Die Decke war mit Fresken, der Boden mit einem kunstvollen Mosaik verziert, und ein eleganter Raumduftspender tat das, was er am besten konnte, und spendete elegant Raumduft.

Das Einzige, was das Auge störte, war eine seltsam kopflose Statue unmittelbar neben der Tür, hinter der nun der Speiseraum lag, in den ich gerade von außen hineingestarrt hatte. Sicher, man kennt diese antiken Fake-Torsi, mit denen in Berlin jeder zweite Flohmarkt überschwemmt ist. Aber die Enthauptung dieser lebensgroßen männlichen Gipsfigur sah irgendwie nach Unfall aus und nicht wie die gewollte Replik einer römischen Statue.

»Was ist? Brauchst du eine Einladung?«, fragte Lea, die schon vorgegangen war und jetzt wieder zurückkam.

Ihre Freundlichkeit brach den Damm und erinnerte mich daran, dass ich sehr bald die Polizei, die Mietwagenzentrale und Yvonne würde anrufen müssen, und dabei konnte ich nur raten, von welcher dieser drei Parteien ich am intensivsten gegrillt werden würde. Vor diesen Beicht- und Bußgängen konnte etwas Handfestes im Magen nicht schaden, also ließ ich mich mit Lea an einem Tisch am Fenster nieder. Wider Erwarten musste ich feststellen, dass Aslambeks Fünf-Sterne-Bewertungen gar nicht so unberechtigt waren. Ich fühlte mich seltsamerweise zutiefst entspannt und konnte den Kopf so weit in alle Richtungen drehen wie selten zuvor. Mein Rundumblick streifte dabei nur wenige weitere Anwesende. Neben dem Liebespärchen beim Kamin sah ich nur eine blonde Barkeeperin, die hinter einer winzigen Theke Gläser spülte und mir freundlich zulächelte. Dass ich die Polster volltropfte, schien sie nicht zu stören. Wir benutzten vorerst die Servietten, um wenigstens unser Gesicht trockenzulegen. Direkt nach meiner Bestellung wollte ich mich dann auf dem Klo auswringen.

»Cannelloni Luca«, sagte Lea, ohne auf die Karte zu schauen. Bei mir hielt sie das wohl auch für verschwendete Lebenszeit, denn sie nahm sie mir schwungvoll aus der Hand. »Vertrau mir, die sind hier ein Gedicht.«

»Okay«, sagte ich und fühlte, wie die Wärme des Kamins mir guttat.

Ich sah mich weiter um. Entspannte mich.

»Hätt' ich jetzt nicht gedacht.«

»Wieso, was hast du denn gedacht?«, fragte Lea.

»Na ja, dass du mich irgendwo anders hinschleppst. In ein Horror-Restaurant. Mit dem Namen ›Hannibal Lecker‹ oder so. ›Das beste Lamm der Stadt‹«, skizzierte ich gleich den passenden Werbeslogan dazu.

Sie lachte, was mich wagemutig einen weiteren meiner Best-of-Gags zum Besten geben ließ: »Aslambeks SM-Schuppen würde ich übrigens in ›Happy Aua‹ umbenennen.«

Mit einem »Jetzt wird's albern«-Blick brachte sie mich zum Schweigen. Um der peinlichen Stille zu entkommen, floh ich an dem Pärchen vorbei auf die Toilette, für deren Benutzung man allerdings ein Trickpinkler sein musste. Sie war noch winziger als die Nasszelle in einem Flugzeug. Keine Ahnung, wie ich hier die Hose runterlassen sollte, ohne mit den Ellbogen die Spanholztür durchzuschlagen.

Apropos Flugzeug … wissen Sie eigentlich, was Sie in allen Flugzeugen der Welt direkt unter dem No-smoking-Zeichen in der Tür der Toilettenkabine finden? Richtig, einen Aschenbecher! Direkt darunter! Das ist nicht der Hinweis darauf, dass Sie sich über den Wartungszustand Ihrer Maschine ernsthafte Gedanken machen sollten. Es beweist auch nicht, dass die Entwickler von Flugzeugtoiletten schizophren sind, sondern es entspricht schlicht und einfach einer Sicherheitsvorschrift. Kein Witz. Gemacht für Menschen, die sich sagen: »Ist mir doch egal, ob der Sky Marshal mich erst mit Kabelbinder an den Sitz fesselt und mir dann Pfefferspray in die Augen drückt oder umgekehrt. Ich brauche meinen Nikotinflash, komme, was wolle.« Derart Tabaksüchtige sollen nach ihrem Verstoß gegen das Rauchverbot nicht auch noch den gesamten Flieger in Brand setzen, weil sie nicht wissen, wohin mit der Fluppe, die sie mangels Aschenbecher im Papiermülleimer entsorgen.

Ach, und wo wir gerade dabei sind: Ich weiß das, weil Toni, einer meiner besten Freunde, diese Dinger konstruiert, und er hat mich noch in eine weitere, sehr geheime Konstruktionsvorschrift eingeweiht, die jeder Flugzeugtoilettenbauer einhalten muss. Und die lautet: Der Wickeltisch muss das Gewicht zweier erwachsener Personen tragen! Kein Scherz, ich schwöre. Übrigens auch, dass ich diesen Fakt nicht aus eigener Erfahrung bestätigen kann. Und die Chancen, dass sich das zeitnah ändern würde, waren äußerst gering, zumindest mit Yvonne in der Rolle der Wickeltisch-Probetesterin an meiner Seite.

Nun denn, ich schweife wieder ab. Auf *DaLucas* Toilette gab es weder Aschenbecher noch Wickeltische, dafür aber die von Lea versprochenen flauschigen Handtücher, mit denen ich mich, so gut es in der klaustrophobischen Enge eben ging, abtrocknete. Meine durchnässten Klamotten waren von dem Gerubbel wenig beeindruckt, aber zumindest die Haare wurden halbwegs trocken, auch wenn sie mir jetzt zu allen Seiten vom Kopf abstanden und ich so aussah, als wäre mein Föhn explodiert.

Seltsamerweise machte mir das nichts aus. Ich hatte Hunger, und wenn ich Hunger habe, reagiere ich so wie die Diven in der Snickers-Werbung: Ich war nicht mehr ich selbst.

Und ich kann Ihnen sagen, dieses »Nicht mehr ich selbst«-Sein fühlte sich in diesem Moment regelrecht befreiend an, hatte mein gefüttertes, klar denkendes Ich doch einen Sack voll unlösbarer Probleme am Hals. Vielleicht war das der Grund, weshalb ich regelrecht beschwingt in Vorfreude auf eine Cannelloni-Henkersmahlzeit zurück in den Speiseraum schritt.

Wo sich, wie ich entsetzt feststellen musste, die Atmosphäre des Restaurants in meiner Abwesenheit komplett verändert hatte. Und das nicht zum Besseren.

Nicht im Geringsten.

36. Kapitel

Okay, die Weihnachtsdeko stand noch, auch der Baum und der Kamin mit dem Kunstschneesims waren noch da. Aber die Barkeeperin war verschwunden. Und die Gäste fehlten. Alle beide.

Irgendjemand hatte von innen sämtliche Rollos vor den Fenstern runtergelassen und einen Stuhl so unter der Türklinke verkeilt, dass der Eingang von außen nur noch geöffnet werden konnte, wenn man sich wie ein Stuntman durch die eingelassene Scheibe warf.

Und dieser Irgendjemand stand meiner Vermutung nach an unserem Tisch. Er hatte eine gewisse Ähnlichkeit mit der Statue am Eingang, natürlich nur von Körpergröße, Haltung und Umfang her. Den Kopf hatte ich ja bislang nicht gesehen.

Mister Irgendwer hatte dunkle Haare, trug eine pizzafleckige Schürze um die schlanken Hüften und schrie in italienischer Sprache auf Lea ein. Falls er mit der Wahl ihrer Speisen nicht zufrieden war, hielt ich seine Reaktion für etwas übertrieben, zumal er beim Brüllen mit der Spitze eines Pizzamessers vor ihren Augen herumstocherte.

»Was ist denn nun schon wieder los?«, brach es völlig erschöpft aus mir raus. Der Messermann schnellte zu mir herum. Instinktiv griff ich mir den nächstbesten Gegenstand vom Tisch neben mir.

Von einem Selbstverteidigungsvideo zum Thema »Wie man Messerangriffe abwehrt« hatte ich nur noch in Erinnerung, dass man Messerangriffe nicht wie im Film so einfach abwehren konnte. Was mir nun keine Hilfe war, sondern ähnlich nutzlos wie das Ding vom Nachbartisch in meiner Hand, das sich als elektrischer Parmesanspender herausstellte. Aber wer weiß, vielleicht lachte der wild gewordene Koch sich ja zu Tode, wenn ich ihm Streukäse an den Kopf warf.

»Wer ist das?«, schrie Pizzaman. Die Frage war vermutlich an Lea gerichtet. Wie man halt so seine Gäste zu später Stunde in Hamburg begrüßt. Es war kurz vor zehn Uhr abends. Mir kam der Gedanke, dass die Küche vielleicht schon längst Feierabend hatte und Lea mit ihrer »Cannelloni Luca«-Bestellung für derartig viele Überstunden sorgte, dass der Koch darüber den Verstand verloren hatte.

Aber ich lag, wie Sie sich denken können, völlig falsch. Und das wurde mir klar, als Lea die folgenden zweieinhalb Sätze sagte, deren Bedeutung erst nach einer Weile bei mir durchsickerte.

Vor allen Dingen die Bedeutung der letzten beiden Wörter: »Luca, darf ich vorstellen, das ist Livius. Livius, das ist Luca. Mein Ehemann.«

37. Kapitel

Du bist verheiratet?«, fragte ich Lea und war in etwa so erschüttert, wie wenn ich herausgefunden hätte, dass sie morgen ihren sechsundachtzigsten Geburtstag feierte. Wobei Letzteres für mich fast noch eher vorstellbar war. Vielleicht, weil ich es für wahrscheinlicher hielt, dass die Pharmaindustrie im letzten Jahrtausend ein geheimes Jungbrunnen-Mittel an ihr getestet hatte, als dass sich jemand wirklich auf Dauer an einen Menschen binden wollte, der es schaffte, einen schon in wenigen Stunden an die Grenze des zwischenmenschlich Erträglichen zu führen.

»Ja«, sagten zwei Stimmen gleichzeitig. Wobei eine, und zwar die von Luca, ein »leider« anfügte.

»Du hast ihm nichts gesagt?«, fauchte er Lea an, das Pizzamesser jetzt wieder gefährlich weit in ihrer Safety-Zone.

»Hast die Frechheit, nach all der Zeit hier mit deinem neuen …«

Er sah mich verächtlich an und schien nach einem Wort für mich zu suchen. Ich hätte ihm ja unverfänglich »Chauffeur« vorgeschlagen, aber er entschied sich für »Lappen«.

»… schleppst diesen verprügelten Lappen hier in mein Lokal, und das Triefauge weiß nichts von uns?«

»Das muss ich auch gar nicht«, versuchte ich mich konstruktiv in das Streitgespräch einzubringen. »Ich will mich ja nicht in Ihre Privatangelegenheiten einmischen.«

»Das hast du aber, indem du mir diese Hexe zurückgebracht hast.«

Nach all der Zeit. Zurückgebracht.

Irgendwie hörte sich das nach einer Menge unverarbeiteter Probleme an, worauf nicht zuletzt auch das Pizzamesser in seiner Hand hindeutete. Und die Tatsache, dass Luca die Gäste rausgeschmissen und sein Restaurant verrammelt hatte, sprach in beunruhigender Weise dafür, dass er die jetzt möglichst gewaltsam lösen wollte.

Dankbar hörte ich, wie Lea sich bemühte, die Situation zu entspannen. »Pass auf, Luca, ich bin gekommen, um mich zu entschuldigen.«

»Ach, und wofür?« Luca tat so, als müsse er intensiv nachdenken, dabei kratzte er sich den Nacken, während er schräg nach oben an die holzvertäfelte Decke starrte. »Dafür, dass du die Statue zerstört hast?«

»Das war ein Versehen.«

Er sah mich an wie ein Ankläger, der die Jury auffordert, die Todesstrafe zu verhängen. »Sie hatte was dagegen, dass ich ihren Vater zur Trauung einlade, und hat mir vor Wut den Kopf abgeschlagen.«

Wohl eher dem Gips-Double am Eingang, aber ich verstand, worauf Luca hinauswollte.

»Dabei wär ihr Vater eh nicht gekommen. Wir hatten die Hochzeit extra nach Berlin gelegt, weil er die Hauptstadt so hasst.«

»In die Nähe von Berlin«, korrigierte ihn Lea. »Wir haben in Bad Saarow am Scharmützelsee gefeiert.«

Er winkte ab und imitierte wieder einen nachdenklichen

Professor. »Ach nee, ich glaube, du willst dich entschuldigen, weil du all meine Anrufe und Mails in den letzten sieben Monaten ignoriert hast!«

»Luca …«, versuchte Lea ihn sanft zu unterbrechen.

»Oder nein!« Er schlug sich theatralisch vor die Stirn.

»Vielleicht eher dafür, dass du mich am Traualtar hast sitzen lassen?«

»Moment, ich dachte, ihr seid verheiratet?«, fragte ich.

»Sind wir auch«, sagten wieder beide gleichzeitig.

»Dieses Luder hier hat es fertiggebracht, mich nicht *vor*, sondern unmittelbar *nach* dem Jawort zu verlassen.«

Ich hatte zunehmend Schwierigkeiten zu folgen und fragte daher: »Wie war das?«

Luca schien mit einem Mal sehr erschöpft, er setzte sich zu Lea an den Tisch, wobei er den Messergriff noch immer mit seinen mehlbepuderten Fingern umklammert hielt.

Ich versuchte es ebenfalls mit einer Geste der Deeskalation und stellte den Parmesanspender zurück.

»Der zweiundzwanzigste Mai. Es war alles so schön«, begann Luca zu sinnieren.

Ich habe bislang vergessen, die Musikbeschallung im Restaurant zu erwähnen, und ob Sie es glauben oder nicht, die italienischen Weisen passten hervorragend zu seiner romantischen Schilderung.

»Es war der perfekte Tag, babyblauer Himmel, weiß-roséfarbene Blumenbouquets, feinstes *DaLuca*-Catering, alles genauso, wie unsere Wedding Plannerin es organisiert hatte.«

Nun, dass sie das Wetter organisiert hatte, wagte ich zu bezweifeln, aber vielleicht unterschätze ich die Wedding-Planner-Branche, und die Dame hatte Kontakte zu geltungssüchtigen Diktatoren, die an Staatsfeiertagen Silberjodid in die Atmosphäre donnern, damit der Panzeraufzug bei strahlendem Sonnenschein stattfinden kann.

»Es war wie im Märchen. Das Hotel am See, wir im festlichen Aufzug auf der Wiese vor dem Bootssteg, der Standesbeamte vor, die handverlesenen Gäste hinter uns. Wir warteten nur noch auf den toten Falken.«

»Sagten Sie: toter Falke?«

Ich kannte es aus kitschigen Hollywood-Filmen, dass nach dem Jawort ein Schwarm weißer Tauben aufstieg. Eine Zeremonie mit leblosen Greifvögeln verortete ich eher auf einem frühen Ozzy-Osbourne-Konzert denn auf einer Hochzeit.

»Er sollte uns die Ringe bringen«, erklärte Lea.

»Der tote Falke?«

»Ne, der war schon noch lebendig, als der Falkner ihm in Wendisch Rietz die Haube abnahm. Er hatte die Ringe an seinen Krallen.«

Luca sah mich an. »Der Standesbeamte hatte uns gefragt, wir hatten beide Ja gesagt, es fehlten nur noch die Ringe.«

»Die ich selbst designt hatte«, sagte Lea stolz, aber offenbar reichte ihr Stolz nicht aus, um einen davon zu tragen. Wie ich sah, waren auch Lucas Finger nicht beringt.

»Der Vogel sollte sie einmal über den See fliegen und direkt nach dem Jawort auf meinem Arm landen. Bei der Probe hatte es dreimal geklappt. Aber leider …« Luca klatschte in die Hände: »Peng!«

Ich zuckte zusammen. »Peng?«

»Der Scharmützelsee liegt im Landkreis Oder-Spree. Das ist in Brandenburg. Da gibt es sehr viele nette Leute. Leider auch einige mit zu viel Langeweile. Zwei davon heißen Jörg und Tommy.«

»Aha.«

Lea wurde etwas konkreter: »Sie verdienen sich normalerweise ihr Geld, indem sie Boote aufbrechen. Jörg und Tommy aber kamen auf die Spitzenidee, sich aufs Wildern zu verlegen.«

»Nein!«, sagte ich, ahnend, was jetzt kam.

»Doch. Sie mussten uns bei den Proben beobachtet haben. Haben sich ein Gewehr besorgt, von der Ladefläche ihres Pick-ups angelegt und ...«

»Peng!«, wiederholte ich.

»Vom Himmel geholt«, bestätigte Luca traurig. »Einfach so zum Spaß. Samt unseren Ringen.«

»Aber der Falke trug einen GPS-Sender«, sagte Lea. »Die Wedding Plannerin ist also mit ihrem Mini dem Signal hinterher, das sich wie irre durch den Wald bewegte.«

»Jörg und Tommy hatten den armen Falken eingesammelt und drehten zur Feier des Fangs mit dem Pick-up Wheelies im Forst.«

»Die Wedding Plannerin hatte Probleme, sie zu finden. Also fuhr ich ihr hinterher, um zu helfen«, sagte Lea.

»Und bist nie wiedergekommen.«

Luca legte endlich das Messer ab. Lea griff über den Tisch nach seiner Hand. »Und genau dafür will ich mich entschuldigen.«

»Aber ...« Luca sah ihr direkt in die Augen. »Wieso? Was hab ich dir getan, dass du mich sitzen gelassen hast?«

»Nichts, gar nichts. Mir ... mir ist etwas dazwischengekommen.«

»Auf der Suche nach dem toten Falken?«, fragten nun Luca und ich im Duett, einer verständnisloser als der andere.

»Ja«, sagte Lea leise. Sie weinte. »Ein Brief.«

»Was für ein Brief?«

»Ich hatte ihn schon länger, habe mich jedoch nicht getraut, ihn zu öffnen. Aber …«

»Aber?«

»Aber der Abschuss, ich dachte, es wäre ein Zeichen.«

»Den Brief zu öffnen?«, fragte Luca.

»Ja.«

Luca schüttelte den Kopf. »Also, du hast kurz nach dem Jawort während der Suche nach dem Falken einen Brief geöffnet? Was zum Teufel stand da drin, dass du nie wieder zu mir zurückgekommen bist?«

»Livius?« Sie sah mich an, und eine Sekunde lang dachte ich wirklich, sie würde mich auffordern, diese Geschichte zu Ende zu erzählen. Aber sie bat mich glücklicherweise nur, Luca und sie für einen kurzen Moment allein zu lassen.

Was mich wieder zurück in die Schlumpf-Toilette führte, weil das der einzige Raum im Restaurant war, dessen Zugang Luca nicht verstellt oder abgesperrt hatte.

"DA-LUCA"
SPEISEN

38. Kapitel

Bei einem Thriller, den ich vor geraumer Zeit gelesen hatte, hing die Lösung eines Falls unter anderem davon ab, dass der Held folgendes Rätsel entschlüsseln musste: »Man geht durch einen Eingang rein und kommt durch drei wieder raus. Was ist das?« Die Antwort lautete »T-Shirt«, wobei natürlich auch »Pullover« gepasst hätte. Oder das *DaLuca,* irgendwo in der Hamburger Speicherstadt. Ich hatte es durch einen Eingang betreten und war in drei verschiedenen Restaurants wieder rausgekommen. Zunächst bei einem etwas kitschigen Italiener, nach meinem ersten Klobesuch hatte es dann einem Mafia-Lokal geähnelt, und jetzt, als ich mich nach Leas Ruf »Du kannst wiederkommen, Beppo« zum zweiten Mal wie Houdini aus dem WC entfesselt hatte, stand ich auf der Bühne einer tragischen Oper. Letzter Akt, die Aufführung kurz vor dem Ende. Allerdings, und das erleichterte mich sehr, lebten die Protagonisten noch. Die beiden lagen sich heulend in den Armen wie brasilianische Fußballfans nach dem eins zu sieben ihrer Nationalmannschaft.

»Ähmm«, räusperte ich mich verlegen und fühlte mich fehl am Platz. »Ich kann mir auch noch mal auf dem Klo mit den Knien die Ohren zuhalten.«

»Nein, schon gut, wir gehen jetzt.« Luca und Lea lösten sich voneinander.

»Ich hab dir was mitgebracht«, sagte Lea zu ihrem Mann und deckte damit das Geheimnis des mitgeschleppten Seesacks auf. Sie stellte ihn auf einem Stuhl ab, öffnete ihn, und ich erstarrte beim ersten Blick hinein. Hand aufs Herz: Wieso hätte es mich wundern sollen, wenn sich Lea zum Abschluss des Tages als Serienkillerin entpuppte, die uns stolz ihre auf der Fahrt gesammelten Trophäen zeigte? Konnte ich sicher sein, dass Gerda, Fritz oder Franz noch lebten? Selbst bei Stulle war es nicht ausgemacht, nur bei Frau Okonkwo, es sei denn, sie war uns zur Raststelle hinterhergebrettert, und Lea hatte eine Gelegenheit abgepasst, sie in Nürnberg-Feucht auf der Truckerdusche zu meucheln.

Alles nicht sehr wahrscheinlich, und dennoch wuchtete Lea aus den Untiefen ihrer Tasche einen menschlichen Körperteil hervor.

»Ach du meine Güte«, rief Luca aus und wischte sich die Tränen aus den Augen. Neue schossen nach, aber diesmal schien es Glück zu sein, denn er strahlte bis über beide Ohren. »Ich danke dir.«

Nun, da mein Herz wieder schlug, sah ich noch einmal genauer hin und erkannte das Objekt seiner Freude.

Einen Kopf. Einer Statue. Seinem gar nicht mal so unähnlich, wenn man damit leben konnte, dass die Nase etwas länger, die Augen etwas tiefer und die Stirn ein großes Stück breiter war. Der Gips-Luca bleckte die Zähne genauso fröhlich, wie der echte gerade zu sein schien. Für den Moment. Und der währte nicht lange.

»Er war doch in tausend Teile zersplittert?«

»Ich hab ihn in München von einer guten Bekannten restaurieren lassen.«

»Danke!«

Nachdem Luca Lea den Kopf abgenommen und auf den Tisch gestellt hatte, wo er jetzt zwischen zwei leeren Tellern mit Besteck wie die Werbung für ein Kannibalen-Restaurant aussah, wurden seine dunklen Augen wieder traurig.

»Das war es dann?«, fragte er Lea.

Sie nickte. »Tut mir leid.«

»Nein, mir tut es leid«, spielte er offenbar auf etwas an, was zwischen ihnen besprochen worden war, während ich mir im Bad den Aufkleber auf dem Seifenspender durchgelesen hatte. Unter normalen Umständen hätte ich beim Warten ja mein Handy genommen und meine Zeit mit E-Mails, Facebook oder einem Online-Game verplempert, aber die Gefahr, dabei hundertmal Yvonne wegdrücken zu müssen, war mir zu groß gewesen.

Lea stand auf und ging zur Tür, die Luca in der Zwischenzeit wieder entkeilt hatte.

»Meldest du dich?«, fragte er.

Sie schüttelte nur den Kopf.

Er lächelte trotzdem und tätschelte ihr traurig den Haarpuschel. Mittlerweile hätte ich einiges dafür gegeben zu erfahren, was in dem Brief stand. Der Inhalt schien ja Wunder zu bewirken. Vielleicht konnte ich ihn Yvonne vorlesen, und sie würde mir sogar dann verzeihen, sollte ich mich nach der Erneuerung unseres Ehegelöbnisses für ein halbes Jahr nicht mehr bei ihr melden.

Lea ging durch die Tür voraus.

Als ich auch ins Freie wollte, stellte sich mir Luca in den Weg.

»Hey, versprich mir, gut aufzupassen.« Er haute mir die mehlige Pranke auf die Schulter.

»Hm«, hustete ich.

»Nein!« Er sah mir streng in die Augen. »Sag es!«

Da sich das Ganze wie der Schlussdialog in einem Buddy-Film anfühlte, ließ ich mich davon mitreißen, im Italowestern-Style zu schwören: »Ich verspreche dir, gut auf Lea aufzupassen.«

Luca patschte mir ärgerlich an den Hinterkopf wie ein Vater seinem Sohn, der den Anfängerfehler bei den Matheaufgaben nicht erkennt. »Doch nicht auf sie. Die findet selbst im größten Sturm ihren Weg. Nein, Mann. Du sollst auf *dich* aufpassen.« Er sah melancholisch zurück zu dem Platz, an dem Lea eben noch gesessen hatte. »Sonst trägt sie sehr bald deinen Kopf in einer Tasche spazieren.«

39. Kapitel

Es hatte aufgehört zu regnen, dennoch hatten wir Schrotti vor dem *DaLuca* stehen gelassen und ein Taxi genommen. Eine Entscheidung, die mich seltsamerweise mit Wehmut erfüllte. Ab sofort würde ich die Seelenqualen eines Messies besser verstehen, der sich selbst von einem leeren Joghurtbecher nicht trennen konnte.

»So, geschafft«, sagte ich, als sich die Glastür vor uns öffnete.

»Gar nicht mal so schlecht in der Zeit.«

Um spätestens siebzehn Uhr hatten wir ankommen wollen. Es waren im Grunde nur sechs Stunden, die wir zu spät kamen, als wir jetzt kurz vor dreiundzwanzig Uhr endlich in der Sanddorn-Klinik standen. Nun sind sechs Stunden natürlich eine Ewigkeit, zum Beispiel, wenn man sie auf Hartmetallbänken eines völlig überfüllten Flughafens verbringen muss, weil die Maschine Verspätung hat. (Den Grund scheint das Bodenpersonal stets für ein Staatsgeheimnis zu halten, weswegen man die Wartenden partout nicht über die Ursache der Zwangspause informieren will.) Aber bei all den Abenteuern, die mir auf der Fahrt mit Lea widerfahren waren, war es ein kleines Wunder, dass ich zwischendurch nicht dreimal hatte zum Friseur gehen müssen, weil ich sonst nicht mehr aus den Augen hätte schauen können.

»Musst du nicht fragen, wo dein Vater liegt?«

Wir passierten gerade ein Empfangskabuff, in dem ein glatzköpfiger, vollbärtiger Pförtner hinter einer Glasscheibe saß, der offensichtlich vergessen hatte, die Gegensprechanlage auszuschalten. Oder er wollte alle im Eingang Wartenden mit weißem Rauschen einschläfern, man weiß ja nie.

»Ich weiß, wo er liegt«, flüsterte Lea. »Außerdem sind die Besuchszeiten vorbei, da wecke ich lieber keine schlafenden Hunde.«

Oder würgende Pförtner. Dem Glatzkopfbärtigen war irgendetwas von seinem Schinkenbaguette im Hals stecken geblieben, und wegen der offenen Beschallungsanlage wusste das halbe Krankenhaus jetzt, wie sich ein finaler Erstickungsanfall anhört.

Wir blieben auf halbem Weg zu den Fahrstühlen stehen.

»So, weiter schaffst du es dann alleine?« Ich lächelte unsicher.

Sie nickte nur.

»Und Luca will sich um den Mietwagen kümmern?«

»Um den BMW, genau«, antwortete Lea, die in dem grellen »Ich kann jede Pore sehen«-Licht der Deckenbeleuchtung auf einmal wieder unglaublich blass und erschöpft aussah.

Sie hatte mir auf der Taxifahrt zur Klinik schon eröffnet, dass ich mir um das, nennen wir es »Mietwagenproblem«, keine Sorgen mehr machen müsse. Dann hatte sie den Fahrer angeschnauzt, weil der uns für Touris hielt und eine Sonderrunde drehen wollte, was dazu geführt hatte, dass an eine ruhige Unterhaltung bis jetzt nicht mehr zu denken gewesen war.

»Und wie genau regelt Luca es?«, fragte ich misstrauisch.

»Sein Cousin hat eine Autolackiererei«, antwortete sie.

»Ach, und da wollen sie Schrotti umspritzen, und dem Verleih wird es gar nicht auffallen, dass ihr BMW irgendwie kleiner ist, dafür aber weniger Türen und noch weniger Windschutzscheiben hat?«

»Quatschkopp.« Sie lachte. »Schrotti kommt auf die Halde. Aber der Hauptkonkurrent von Lucas Cousin lackiert gestohlene Fahrzeuge um. Das ist Luca schon lange ein Dorn im Auge. Ich hab ihm die Buchungsbestätigung des Mietwagens gegeben, er wird über einen Informanten gleich morgen früh der Polizei den Tipp geben, dass exakt diesem Wagen in der Konkurrenzwerkstatt gerade die Nummernschilder getauscht werden.«

In diesem Moment nieste der Pförtner, und was durch die Wand seiner Glasbox normalerweise allenfalls so laut wie ein Wimpernschlag zu hören gewesen wäre, klang nun wie ein satter Pistolenschuss. Ein Wunder, dass sich die Wartenden nicht Schutz suchend auf den Boden warfen und nach einem Amokläufer Ausschau hielten.

»Ich soll den Mietwagen jetzt also hier in Hamburg als gestohlen melden?«, fragte ich.

»Das hab ich schon getan. Vorhin, als du geschlafen hast.«

»Du?«

»Ja. Schon vergessen? Der Vertrag läuft auf mich. Du hast nur bezahlt.«

Schlagartig wurde mir klar, dass ich bei meiner Massenbuchung für die Leipziger Obdachlosen die zwölfhundert Euro vergessen hatte, die für den Mietwagen noch abgingen. Vor zwei Wochen noch wäre ich angesichts meines Schuldenstands ins Wasser gegangen. Heute fiel das in der Summe meiner Probleme kaum noch ins Gewicht.

»Gut. Aber was soll das bringen?«, wagte ich einzuwenden. »Wenn die Polizei morgen in der Werkstatt aufschlägt …«

»… ist der BMW natürlich nicht da, logisch. Aber sie finden dort garantiert andere gestohlene Fahrzeuge. Dann glaubt denen niemand mehr, dass sie bei unserem nicht auch Dreck am Stecken haben. Der Fall ist gelöst, die Akte wird geschlossen.«

Ich schüttelte skeptisch den Kopf. »Und wie passt das dann zusammen, wenn Fritz oder Franz …«

»Ach, hör mir auf mit den Knallköppen. Die werden sich schon nicht erwischen lassen. Und wenn, dann glaubt denen doch niemand die Geschichte von dem eingetauschten Schweinetransporter.«

Hm. Ihr mit Luca gefasster Plan fühlte sich für mich so an wie eine dieser Uhren, die man im Urlaub am Straßenrand auf einer Wolldecke präsentiert bekommt. Stand zwar »wasserdicht« drauf, aber beim ersten Nieseln fiel einem der Wecker vom Armband.

Lea schulterte ihren kurz abgesetzten Seesack wieder und bedankte sich bei mir fürs Herbringen.

Mehr nicht. Gut, ich hätte jetzt keine Mariachi-Band erwartet, die von Geigengefiedel untermalt »It's time to say goodbye« zum Besten gab. Aber eine kleine Umarmung wär ja vielleicht drin gewesen.

»Hey, wie erreiche ich dich?«, rief ich ihr hinterher.

Sie blieb stehen. »Wozu?«

Tja, berechtigte Frage. Was wollte ich eigentlich von ihr?

»Ich dachte, ich könnte dich hin und wieder mal um halb vier Uhr morgens aus dem Bett klingeln und nach der Uhrzeit fragen.«

»Verstehe. Du meinst, nach allem, was wir erlebt haben, sollten wir den Kontakt nicht verlieren?«

Ich schüttelte grinsend den Kopf. »Punkt für dich. Vielleicht sollten wir uns eher telefonisch abstimmen, um sicherzugehen, dass wir uns nie wieder versehentlich irgendwo zufällig an einem Flughafen über den Weg laufen.«

Wir lachten beide.

»Na dann«, sagte ich und zuckte mit den Achseln. Ja, ich werde auch Mister Eloquenz genannt. »Viel Glück bei deinem Gespräch mit deinem Vater. Lass dich nicht ärgern, und wünsch ihm gute Besserung von mir – unbekannterweise.«

Ich tippte mir zum Abschied an die Kappe einer imaginären Schirmmütze und ging zurück zum Ausgang, an der Pförtner-Rotznase vorbei, die offenbar mittlerweile den Ausschaltknopf für das Mikro gefunden hatte.

»Sei nicht zu voreilig.« Diesmal war es Lea, die mir hinterherrief, und ich blieb stehen.

»Wie meinst du das?«, fragte ich und freute mich, dass sie wieder einen Schritt auf mich zukam. Wenn sich unsere Abschiedszeremonie so fortsetzte, hatte sie es bis morgen früh nicht zum Lift geschafft.

»Ich weiß genau, was in dir vorgeht«, behauptete sie, wobei es sie überhaupt nicht störte, dass eine Krankenschwester, die gerade an ihr vorbeilief, interessiert die Ohren spitzte und langsamer wurde. (Vielleicht war sie auch die Chefärztin hier. Ich fand ja, die Kittel in den modernen Kliniken ließen oft keinerlei Rückschlüsse mehr auf die Funktion ihrer Träger zu. Alle waren entweder weiß oder grün. Ich hoffte nur, das Personal kannte sich untereinander. Nicht dass aus Versehen mal der Putzmann der Zeitarbeitsfirma an den

OP-Tisch gezerrt wurde, um einen Herzkatheter zu legen, nur weil er sich aus Spaß für ein Selfie mal kurz die Chirurgen-Haube aufgesetzt hatte.)

»Du fühlst dich wie nach einem inspirierenden Buch«, analysierte mich Lea weiter. »Oder wie nach einem Film, der dich komplett emotionalisiert hat. Du hast mit dem Helden oder der Heldin mitgefiebert, die in nur neunzig Minuten ihr gesamtes Leben auf den Kopf gestellt und zum Besseren gewendet hat. Und jetzt stehst du debil grinsend mit all den anderen diskutierenden Zuschauern vor dem Kino und nimmst dir vor, ab sofort auch etwas zu ändern. Die Prioritäten weiser zu setzen. Mehr Risiken zu leben, den Tag zu nutzen, carpe diem und so einen Quatsch.«

Die Treppen nicht mehr von unten zu wischen. Ich dachte an meinen Ratgeber, den ich nach dem heutigen Tag tatsächlich würde umschreiben müssen. Wenn vielleicht auch nicht aus den Gründen, die Lea im Kopf hatte.

»Aber so einfach geht das nicht«, monologisierte sie weiter. »Das Leben, um wirklich mal eine abgedroschene Phrase zu zitieren, ist ein Marathon und kein Sprint. Nichts geht von heute auf morgen. Keine Diät macht dich in vierundzwanzig Stunden zum Men's-Health-Modell, kein Sprachkurs lässt dich über Nacht fließend Mandarin quatschen. Weder Glück oder Erfolg noch Liebe. Alles braucht seine Zeit.«

»Du meinst, ich sollte Yvonne noch ein, zwei Tage warten lassen, bevor ich sie zurückrufe?«

Sie nickte, als hätte ich eine ernsthafte Frage gestellt. »Ich hab Luca über sieben Monate warten lassen, bis ich mir klar darüber war, was ich ihm sagen wollte.«

»Und was war das?«

Sie zögerte. Lange. Und dann, ich hatte schon gar nicht mehr mit einer Antwort gerechnet, sprach sie die vielleicht entscheidendsten Sätze der letzten fünfzehn Stunden, kurz bevor sie in einen schon wartenden Fahrstuhl stieg und verschwand.

»Die Wahrheit.«

Dabei schenkte sie mir ein Abschiedslächeln, das mich schon deshalb so tief berührte, weil es von einer tiefen, für mich in diesem Moment unerklärlichen Traurigkeit war.

»Wenn du gar nicht mehr weiterweißt, hilft dir immer nur die Wahrheit, Beppo.«

40. Kapitel

Wenn ich eines war, dann ein guter Zuhörer. Was nicht unbedingt bedeutete, dass ich gut darin war, das Gehörte zu befolgen. Ich nahm an, das machte mich zu einem guten Therapeuten, aber schlechten Soldaten.

Was meine Kontaktaufnahme zu Yvonne anbelangte, konnte ich eher nicht davon ausgehen, dass Lea mich für meine Selbstbeherrschung loben würde, obwohl ich die Angelegenheit für meine Verhältnisse schon relativ gelassen anging und mir mit dem Anruf einige Zeit gelassen hatte.

Zwanzig, dreißig, ja, vielleicht waren es sogar vierzig Sekunden, bis ich im Freien vor der Klinik stand und in klirrender Kälte auf ein Taxi wartend ihre Nummer wählte.

»Hallo?«

Ich hatte damit gerechnet, dass sie lauter brüllen würde als ein Boxtrainer in der Ringecke, deshalb hatte ich mein Handy vorsichtshalber mit ausgestrecktem Arm vom Ohr ferngehalten. Nun aber hatte sie so leise gesprochen, dass ich mir nicht sicher war. Hatte sie vielleicht schon zum fünften Mal nachgefragt, ob ich sie hören könne? Ruhig und beherrscht. Yvonne, und das wunderte mich von der ersten Sekunde an, klang sehr viel aufgeräumter als ich.

»Hey, ich bin's«, entblödete ich mich nicht zu sagen, denn

ich hatte ja meine Rufnummernerkennung nicht rausgenommen. Aber vielleicht hatte sie ja meinen Kontakt schon längst gelöscht, und mein Begrüßungsstottern war deshalb doch nicht ganz so sinnlos.

»Ich … ich, ähh … rufe an, um mich zu entschuldigen.«

»Wofür?«

Ich lachte unsicher. »Du hast recht, da gibt es einiges. Aber am meisten tut es mir leid, dass ich dir heute den ganzen Tag Lügen erzählt habe.«

Und dann begann ich zu berichten. Alles. Getreu dem gerade gelernten Motto, dass nur die Wahrheit hilft, wenn man sonst nicht mehr weiterweiß. (Insofern hatte ich Lea dann doch zugehört.) Ich erzählte Yvonne von meiner Mitfahrerin, aus der ich ihr gegenüber einen Mann gemacht hatte, weil ich nicht wollte, dass sie auf falsche Gedanken kam.

»Und ihr habt einen Tag lang so gelebt, als ob es der letzte wäre?«, fragte Yvonne. Sie wirkte müde, aber nicht frustriert oder wütend, was ich eher erwartet hätte.

»So ist es.«

Ich beichtete ihr den misslungenen Enkeltrick, die ganze Mietwagen-Schweinetransporter-Geschichte, ließ weder das Heroin noch die Obdachlosen aus, von denen sie allerdings schon über das Fernsehen erfahren hatte. Ich gab ihr auch die notwendigen Hintergrundinformationen, damit sie sich ihr verstörendes Gespräch mit dem Tschetschenen besser erklären konnte. Schließlich wusste Yvonne nach meinen ausführlichen Schilderungen, die ich alle im Freien tätigen musste, weil das mit meiner App gerufene Taxi sich selbst storniert hatte, dass Lea verheiratet war und jetzt gerade ihren krebskranken Vater in dem Krankenhaus besuchte, vor dem ich mir den von Aslambek vertrimmten Hintern abfror.

Aber das war nicht alles.

Das Wichtigste nämlich, was ich ihr sagte, war, dass Lea von Armin sich eben gerade in ihren letzten an mich gerichteten Worten komplett geirrt hatte.

Unbestritten. Lea war verdammt klug, aber in diesem Punkt lag sie falsch. Dieser wahnwitzige Tsunami, der mich heute überrollt und mitgerissen hatte, hatte in mir *nicht* den Wunsch geweckt, mich zu verändern. Denn dazu hätte ich ja erst einmal wissen müssen, wer ich überhaupt war. Hätte ich meinen Standpunkt gekannt – hätte ich wirklich gewusst, was mich glücklich macht, und über all die Prinzipien und Werte Bescheid gewusst, nach denen ich mein Leben ausrichten wollte, dann vielleicht hätte ich anfangen können, an mir zu arbeiten. Aber ich, und das war mir soeben klar geworden, hatte nicht die geringste Vorstellung über mein wahres Ich.

Die Person, die ich aktuell darstellte, hatte sich optisch an ihre Schülerinnen und Schüler angepasst, war so lebensunsicher, dass sie sich nicht einmal traute, der eigenen Mutter zu sagen, dass Livius einen Bärchenpulli nicht mal dann anziehen würde, wenn ihn Joop persönlich gehäkelt hätte. Die Person, die ich war, hatte keine innere Stimme, keinen Plan, nicht einmal einen inneren Kompass, der sie davon abhielt, von einer Katastrophe in die nächste mitzulaufen. Denn genau das war ich: ein Mitläufer. Jemand, der in den Fußstapfen eines anderen ging und diesen deshalb niemals überholen konnte.

Heute war ich sogar ein Mitfahrer gewesen, der zwar die meiste Zeit selbst hinter dem Steuer gesessen, aber nicht gelenkt hatte. Das hatte Lea übernommen, und sie hatte mir die Richtung nur deshalb vorgeben können, weil ich mein eigenes Ziel schon vor Jahren aus den Augen verloren hatte. Irgendwann zwischen meiner Abizeit, als ich noch Musiker hatte werden wollen, und dem Beginn meines Referendariats war es mir entglitten.

»Das ist der wahre Grund, weshalb ich heute nicht zu dir gekommen bin, Yvonne«, schloss ich meine nicht geübte und daher viel zu lange, mit viel zu vielen »Ähhs« und »Emms« garnierte Ansprache. »Weil ich nicht mehr weiß, was ich will und wer ich bin, und weil ich Angst habe, dir das zu sagen, weil es sich so unglaublich abgedroschen und feige anhört – gerade wenn man ein Kind erwartet, für das man doch all seinen Egoismus hintanstellen sollte. Du weißt ja, ich hab ein Buch für unseren ungeborenen Sohn geschrieben, in dem ich ihm unter anderem sagen will, dass man anderen nicht helfen kann, wenn man selbst Hilfe braucht. Dass es so ist wie im Flugzeug, wenn die Purser bitten, man solle sich erst einmal selbst die Atemmaske aufsetzen, bevor man sich um den Sitznachbarn kümmert. Ich hab diese Atemmaske verloren, Yvonne. Oder ich hab sie nie gehabt, und aus diesem Grund denke ich, dass es keinen Sinn ergibt, wenn ich wieder so tue, als ob alles zwischen uns okay wäre, denn das ist es nicht. Kann es ja auch bei dir nicht sein, sonst wäre das mit Steffen nicht passiert.«

Ich holte etwas zittrig Luft.

»Und ich will jetzt keinen faulen Kompromiss eingehen, denn dann streiten wir uns irgendwann wieder, aber dann sind da nicht nur wir beide, die sich zerfleischen, sondern ein dritter, kleiner, unschuldiger Mann steht zwischen den Lagern. Und der kann überhaupt nichts dafür, dass Papa so schwach und unglücklich ist. Deshalb denke ich, es ist das Beste, wir treffen uns nicht abends, nicht bei einer Paartherapie, und ich bleibe nicht über Nacht, sondern wir setzen uns in aller Ruhe bei einem Kaffee zusammen und besprechen, wie wir es schaffen, unserem gemeinsamen Kind die besten Eltern zu sein, ohne dass wir wieder Partner werden.«

All das sagte ich ihr. Meine Stimme hatte beim Sprechen gezittert (vor Aufregung und Kälte), sich überschlagen (nur vor Aufregung) und war immer krächziger geworden (einfach, weil ich für heute viel zu viel gesprochen hatte) – und dennoch glaubte ich, es wäre zu wenig gewesen, und meine Worte hätten Yvonne nicht erreicht.

»Bist du noch dran?«

Mittlerweile war meine zweite Bestellung eingetrudelt, und ich setzte mich in das wohlig warme Taxi auf die Rückbank. Dank der neuesten Technik wusste der Fahrer bereits, in welches Hotel ich wollte, ohne dass ich etwas sagen musste. Und auch Yvonne blieb stumm. Aber ich hörte an einem Schluchzer, dass sie noch immer in der Leitung war.

Oh, Scheiße.

»Das wollte ich nicht. Es tut mir leid, dich verletzt zu haben.«

»Deshalb weine ich nicht.«

»Wieso dann?«

Sie machte eine Pause, in der ich nur ihren Atem hörte.

»Weil du eben, nach so langer Zeit und nach so vielen Gesprächen, die wir geführt haben, auf einmal wie ein völlig anderer Mensch geklungen hast.«

»Und wie habe ich mich angehört?«

»So wie der befreite und aus voller Kehle jauchzende glückliche Kerl, den ich heute im Fernsehen gesehen habe.«

Sie räusperte sich, doch ihre Stimme klang weiterhin belegt. »Du hast noch nie so lebendig geklungen wie eben am

Telefon, Livius. Manchmal, an guten Tagen, wenn wir zusammen waren, blitzte etwas von dem durch, was ich heute sehen und hören durfte. Dann warst du zufrieden.«

»Und zufrieden ist die kleine Schwester von deprimiert, oder?«

»Auf jeden Fall, sofern man nur dann zufrieden ist, wenn der andere glücklich ist.« Sie seufzte. »Deshalb hast du mir Geschenke gemacht, bist zur Paartherapie gedackelt. Hast alles, was mir gefällt, in der Hoffnung getan, dass mein Glück irgendwie auch auf dich abfärbt. Ich wette, wenn ich das getan hätte, womit ich dich heute beim Abendessen eigentlich hatte überraschen wollen, nämlich dir die Erneuerung unseres Ehegelöbnisses vorzuschlagen, hättest du morgen einen Ring besorgt.«

Zu sagen, sie hatte mich besser durchschaut als ein Röntgengerät, wäre die Untertreibung des Jahres gewesen.

»Aber weißt du was, wo wir schon mal ehrlicher sind als in jeder Therapiestunde: Ich habe keine Lust, mit dir über *Moon River* zu quatschen oder die Funkenstein-Greatest-Hits-CDs zu frankieren, damit du sie mit deiner Band auf eBay verscherbeln kannst. Aber vor allen Dingen habe ich keine Lust, dass wir unglücklich werden. Ich meine so richtig, auf Dauer.« Sie zog die Nase hoch. »Es ist so, wie du es gerade formuliert hast. Wir haben das nicht verdient. Wir alle drei nicht.«

Der Vollständigkeit halber sollte ich erwähnen, dass dieses Telefonat nicht den Beginn einer »Friede, Freude, Eierkuchen«-Phase zwischen mir und Yvonne einläutete.

Tatsächlich schickte sie mir, kurz nachdem wir aufgelegt hatten, einen Link auf mein Handy.

Als ich ihn anklickte, öffnete sich Spotify, und ich las den

Titel des Songs, der, wie Yvonne sich in ihrer Nachricht gewünscht hatte, von nun an unser gemeinsames Lied sein sollte.

Es hieß »Freunde bleiben«, und ich war, auch wenn das ja irgendwie kitschig war, beinahe zu Tränen gerührt.

Dann hörte ich die ersten Töne, und vielleicht haben Sie den Song ja auch im Ohr, falls ich Ihnen jetzt sage, dass er von *Revolverheld* ist. Falls nicht, hier eine Textkostprobe, und Sie verstehen vielleicht, weshalb meine Rührung nicht ewig anhielt:

Pack deine Sachen ein, und raus
du bist hier jetzt nicht mehr zu Haus.
Und scheiß auf »Freunde bleiben«.

Rasch stoppte ich die Wiedergabe, auch wenn der Taxifahrer meine komplette Unterhaltung mit Yvonne ja gar nicht mitbekommen hatte. Doch irgendwie hatte ich das Gefühl, er konnte mir allein durch einen Blick in den Rückspiegel an der Nasenspitze ansehen, dass ich gerade ein ultimatives Trennungstelefonat mit meiner Frau geführt hatte, was mir unangenehm war. Solche privaten Dinge gehörten meiner Meinung nach nicht in die Öffentlichkeit. Andererseits merkte ich, dass es mir trotz der Endgültigkeit, die dieses Gespräch gehabt hatte, erstaunlich gut ging. Die Wahrheit, da hatte Lea recht, hatte mir weitergeholfen. Mich zumindest von etwas seelischem Ballast befreit, auch wenn meine private Situation alles andere als einfacher geworden war, vor allen Dingen in Bezug auf das Baby.

Am liebsten hätte ich mir den Song dann doch noch weiter angehört, den ich früher schon, als mein Unterbewusstsein vielleicht schon mein Beziehungsende ahnte, sehr gemocht hatte.

»Wir sind gleich da«, ließ der Fahrer mich wissen.

Ich suchte, wo in meiner Jacke ich mein Portemonnaie hingesteckt hatte, und stieß auf etwas Seltsames in der Innentasche.

»Kannst du die die Fahrt über bitte für mich aufbewahren?« Ich erinnerte ich mich an Leas Worte, ganz zu Anfang unserer Fahrt. *»Ich verlier die kleinen Murmeln ständig, und wenn es dir passiert, dann hab ich wenigstens jemanden zum Anschnauzen. Die sind nämlich echt teuer.«*

»Scheiße!«

»Was?«, fragte der Taxifahrer, der nicht die besten Erfahrungen mit seinen Fahrgästen gemacht haben konnte, wenn er sich durch meinen unkontrollierten Ausruf so eindeutig angesprochen fühlte.

»Die Kopfhörer«, sagte ich und bat ihn zu wenden. »Wir müssen noch mal zum Krankenhaus zurück.«

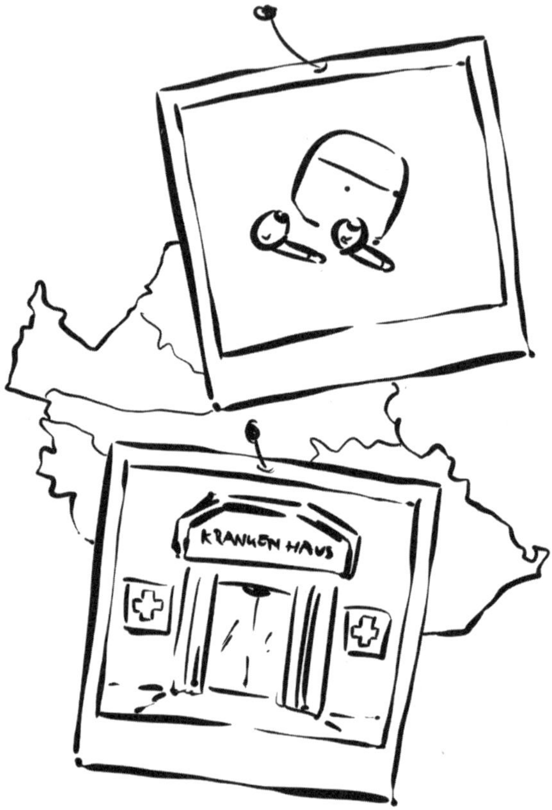
KRANKEN HAUS

41. Kapitel

Der glatzköpfige Vollbartpförtner lächelte mir gutmütig durch die Glasscheibe zu, als ich mich ihm näherte. Sein Bart kitzelte das Schwanenhalsmikrofon unter seinem Kinn, was sich, nachdem er einen Kippschalter gedrückt hatte, so anhörte, als würde er in seinem Kabuff alte Schiffsplanken mit Schmirgelpapier bearbeiten. Zum Glück fiel ihm das auf, und er zog den Bart und seinen Wachmannschlips zur Seite, bevor er mich mit einem fröhlichen »Moin, Moin« begrüßte.

Ich zeigte ihm die kleinen weißen Stöpsel, die heute früh noch in Leas Ohr gesteckt hatten und die sich nun in meiner Hand befanden.

»Hey, sorry, die iPods müssten bitte auf das Zimmer von Herrn von Armin gebracht werden«, wollte ich sagen, kam aber nur bis zu »Hey, sorry, die iPods hier …« Dann unterbrach der Pförtner mich höflich, aber mit energisch wedelnder Handbewegung: »No English please, not speaking.«

Offenbar dachte er, ich hätte mich aus einem Café im Prenzlauer Berg hierher verirrt, wo Gäste wie Kellner grundsätzlich davon ausgingen, dass man bei der Bestellung Englisch sprechen musste. Und ja, in der Tat hatte ich meinen Satz vielleicht etwas zu nuschelig und nasal begonnen, womit sich *Hey, sorry, iPods, here* für ihn nach Londoner Hafenviertelslang angehört hatte.

»Usted habla español?«, versuchte der offenbar sonst durchaus sprachbegabte Pförtner mir auf Spanisch eine Verständigungsbrücke zu bauen.

»No, no«, rutschte es mir leider raus, jetzt ebenso abwinkend und wedelnd wie er.

»Je pourrais vous aider en français!«, bot er mir an.

»Nein, nein, ich bin Berliner. Ich spreche Deutsch«, stellte ich klar. Jetzt sah er nicht mehr gutmütig, sondern beleidigt aus.

»Wieso veralbern Sie mich dann die ganze Zeit?«

Ich sah mich um, um herauszufinden, wen wir mit diesem wirren Dialog zur nächtlichen Stunde noch alles unterhielten. Die Stimme des Pförtners schallte nämlich in einer Lautstärke durch die Übertragungsanlage, die selbst für direkt vor den Bassboxen stehende Festivalbesucher nur schwer erträglich gewesen wäre. Offenbar hatten wir keinen Vollmond, denn vor der Notaufnahme hielt sich nur eine fünfköpfige Familie die Ohren zu, sonst waren wir allein.

»Sorry, ähh, ich meine, Entschuldigung, es war nicht meine Absicht, Sie zu veralbern. Ich wollte nur schnell was abgeben.«

»Die Besuchszeiten sind schon lange vorbei«, murrte er.

»Ja, das weiß ich.« Ich zeigte ihm erneut die Stöpsel. »Könnten Sie vielleicht so nett sein, diese iPo…, also diese Kopfhörer auf das Zimmer bringen zu lassen?« So musste sich also jemand fühlen, der mit dem Vorsitzenden des Vereins zur Erhaltung der deutschen Sprache redete und Angst hatte, bei jedem Anglizismus einen Tritt vors Schienbein zu bekommen.

»Wie ist der Name?«

»Livius Reimer.«

»Okay. Geht nicht«, sagte der Pförtner, als ob heute die Annahme von persönlichen Gegenständen nur für Besucher der Buchstaben A bis Q möglich wäre und R bis Z morgen wiederkommen müssten.

»Datenschutz«, schob er als Argument hinterher, was in Anbetracht der Tatsache, dass unsere Unterhaltung gerade das halbe Krankenhaus beschallte, etwas seltsam anmutete.

»Können Sie mir wenigstens sagen, wo der Patient liegt? Ich habe keine Adresse, um seiner Tochter die Kopfhörer per Post nachzusenden.«

»Geht es jetzt um die Tochter oder den Patienten?«

»Sowohl als auch.« Ich erklärte ihm, dass die einzige Möglichkeit für mich, mit Lea in Kontakt zu treten, ihr Vater war, den sie gerade besuchte.

»Außerhalb der Besuchszeiten?«, schimpfte er.

Dann zog er eine Tastatur zu sich heran und tippte etwas in den Computer, von dem ich hoffte, dass es nicht der Zugriffsbefehl für das Sicherheitspersonal war.

Code Red. Unbefugte Besucher auf Station IV.
Sofort eliminieren!

Eine Minute später sah er kopfschüttelnd vom Monitor wieder zu mir hoch: »Haben wir nicht.«

»Was haben wir nicht?«

»Den Patienten, zu dessen Tochter Sie wollen.«

»Woher wollen Sie das wissen?«, fragte ich verwirrt. »Ich hab Ihnen den Namen doch noch gar nicht gesagt.«

»Doch, haben Sie. Livius Reimer!«

»Nein, nein, nein. Das bin ich.«

Seine Augen wurden zu Strichen. »Jetzt veräppeln Sie mich ja schon wieder! Erst führen Sie mich auf Englisch in die Irre, dann nennen Sie mir falsche Namen.«

Er klang weniger wütend als traurig. Wie ein unbeliebter Schüler, der wegen seiner Tollpatschigkeit schon wieder nicht in die Völkerballmannschaft gewählt worden ist.

»Es tut mir leid, wenn ich für Missverständnisse gesorgt habe, das war nicht meine Absicht«, versuchte ich mich erneut zu entschuldigen. »Ich suche Herrn von Armin, wissen Sie, wo er ist?«

»Von Armin?«

Ich nickte. Hatte ich mir von meiner zweiten, einfühlsam vorgetragenen Entschuldigung erhofft, dass der Pförtner wieder etwas besänftigt war, musste ich lernen, dass ich das exakte Gegenteil erreicht hatte.

»So, jetzt ist aber mal Schluss mit den Albernheiten. Wenn Sie nicht sofort gehen, hole ich den Sicherheitsdienst.«

Er war so aufgeregt, dass er sich beim Sprechen an seinen eigenen Worten verschluckte und zu husten begann. Zum Glück der Familie vor der Notaufnahme schaltete er die Gegensprechanlage aus, sodass ihr die bronchitische Maschinengewehrsalve per Lautsprecher erspart blieb. Und zu meinem Glück stand er auf und hustete sich in einen angrenzenden Nebenraum, wo er sich vermutlich einen Schluck Wasser holen wollte.

Seine Abwesenheit erlaubte es mir, zu den Fahrstühlen zu gehen, wo ein Hinweisschild mir verriet, dass sich die Krebsstation auf Etage 3 befand.

42. Kapitel

Schwester Klinka trug eine zweckmäßige Kurzhaarfrisur, halboffene Crocs und einen weißen Kittel, wegen dem allein ich mich nicht getraut hätte, sie als Schwester anzusprechen, wenn nicht genau das auf ihrem Namensschild gestanden hätte.

»Zu wem wollen Sie?«, stellte mich die leicht übermüdet wirkende Mittvierzigerin mit fast schon berlinerischer Höflichkeit auf dem Gang der Onkologie, kaum dass ich den Fahrstuhl verlassen hatte. Ihr Atem roch so wie der, den ich bei Ermittlern einer Mordkommission vermutete: zu viel Kaffee, zu viele Zigaretten, zu viele Mahlzeiten im Stehen.

»Ich suche das Zimmer von Herrn von Armin«, sagte ich und rechnete damit, sofort wieder in den Rückwärtsgang schalten zu müssen. Aber Schwester Klinka zeigte nicht wortlos auf den Fahrstuhl, sondern sagte: »Das befindet sich eine Etage höher und ist um diese Zeit geschlossen.« Sie nutzte den Plausch mit mir, um nebenbei einen durchsichtigen Beutel an einem Tropfständer zu befestigen.

»Geschlossen?«

»Aber momentan haben wir die Ehre, dass von Armin sich tatsächlich mal bei der Nachtschicht blicken lässt. Hab ich in all der Zeit noch nie erlebt.«

Irrte ich mich, oder war sie weniger von mir als von dem Patienten genervt, zu dem ich wollte?

Ich fragte mich zudem, wie lange von Armin hier schon stationär war, dass er selbst bei Schwestern anderer Etagen namentlich bekannt war. Gut, womöglich lag es am adligen Namen. Aber wieso klang Schwester Klinka so, als hätte sie ein ähnlich angespanntes Verhältnis zu Leas Vater wie seine Tochter. Und dann beschwerte sie sich noch darüber, dass er nicht schon früher mal vorbeigeschaut habe? Was – meiner bescheidenen Meinung nach – schwer krebskranken Patienten wenige Stunden vor einer kritischen Operation auch nicht unbedingt anzuraten war.

Fragen über Fragen, die mich verwirrt auf dem Gang zurückließen, bis Schwester Klinka mir mit dem Satz »Versuchen Sie es mal in Zimmer 310, wenn Sie sich einen Anschiss abholen wollen« einen Ratschlag auf den Weg gab, während sie schon, von irgendwem angepiept, eilig mit ihrem Tropfständer weiterzog.

Auf dem Weg über den Gang überlegte ich mir, was ich tun sollte, wenn ich nach dem Klopfen keine Antwort bekäme. Das war mir letztens schon mal so ergangen, als ich im Virchow dem Direktor meiner Schule nach seiner Bypassoperation meine Aufwartung hatte machen wollen. Die Türen auf der Herzstation waren so dick gewesen, dass man dahinter eher einen Banktresor als ein Patientenzimmer vermutet hätte. Und so hatte ich, mit Blumenstrauß und Pralinen bewaffnet, geklopft und geklopft und geklopft und war dann irgendwann einfach so eingetreten, da hatte sich mein Schuldirektor bereits mit unzähligen »Jaaaaa, bitteeee, heerrrrreeieeeen!« in eine Stimmbandlähmung geschrien.

Bevor ich dieses Problem für mich gelöst hatte, gesellte

sich zu den Fragezeichen, die in meinem Kopf ohnehin schon Polka tanzten, ein weiteres, ziemlich lautstarkes hinzu, als ich bereits mit der Klinke in der Hand vor besagtem Zimmer 310 stand.

Zwar sah die dicke, kiefernholzbraune Tür vor mir auch so aus, als könnte sie einem SEK-Kommando locker standhalten. Trotzdem gelang es ihr nicht, die Lautstärke ausreichend zu dämmen, in der eine sehr aufgebrachte, um nicht zu sagen stinkwütende Person im Inneren des Patientenzimmers gerade brüllte: »DAS KANNST DU NICHT MACHEN. DAS IST DOCH WAHNSINN!«

Sogleich wurde die Tür nach innen aufgerissen, und da ich noch die Klinke in der Hand hielt, sah ich mich plötzlich einer unerwarteten Urkraft ausgesetzt, die mich ins Zimmer schleuderte.

»Was zum Geier wollen Sie denn hier?«, fragte mich ein etwa fünfundsechzig Jahre alter Mann, als ich wieder im Gleichgewicht war.

Seine Gesichtszüge hatten eine gewisse Ähnlichkeit mit Leas. Das war aber auch der einzige Hinweis für mich, dass ich es mit ihrem Vater zu tun hatte. Alles andere sprach nicht dafür, dass vor mir ein schwerstkranker Krebspatient stand, dem – Zitat von Leas Schwester Tara – »nicht mehr viel Zeit« blieb. Nicht sein energischer Blick, nicht sein kräftiger Körperbau, nicht seine grauen, aber vollen Haare und schon gar nicht sein frisch gebügelter und gestärkter Kittel, der tatsächlich unverkennbar von der Sorte war, unter dem man einen Chefarzt vermutete.

Ich sah von Armin in seine wachen, wütenden Augen, versuchte, meine Erwartungshaltung mit meinen Beobachtungen in Einklang zu bringen, und scheiterte jämmerlich. Vielleicht, weil mein Verstand den Irrtum nicht wahrhaben wollte. Vielleicht, weil ebendieser Irrtum bedeutete, dass mir gerade die zugleich herzzerreißendste wie beschämendste Erkenntnis meines Lebens zuteilwurde.

Doch dann sah ich nach rechts, zum Krankenbett. Und dann gelang es mir nicht mehr, die Wahrheit zu ignorieren, die Lea, das wurde mir als Erstes klar, den ganzen Tag lang von mir ferngehalten hatte, einfach weil sie mich nichts anging. Die laute, schräge, unkonventionelle, lustige, verrückte, exzentrische und im besten Wortsinn merkwürdige Lea, die jetzt eingefallen, völlig erschöpft und mit rot geweinten Augen auf der Kante ihres Krankenhausbetts saß. Sie trug noch immer die Klamotten, die sie die ganze Fahrt über am Leib gehabt hatte, nur ihr Haar hatte sich verändert. Ihr Kopf war kahl. Dafür hielt sie eine lockige Palmenzopf-Perücke in den Händen.

»Es … es tut mir leid«, stotterte ich, als ich ihr die Bestürzung ob meiner Verletzung ihrer Intimsphäre ansah, in die ich gerade tumb und unerlaubt eingebrochen war.

Ich starrte sie an, unfähig, etwas zu sagen, und auf einmal schien es, als hätte sich der vergangene Tag in einen Film verwandelt, der sich von alleine zurückspulte und aus dem mir ein sensibler Regisseur Zitate präsentierte, die ich beim ersten Hinsehen völlig falsch verstanden hatte.

»Hab ich dir nicht gesagt, du sollst einen Tag früher kommen? Jetzt haben wir den Salat. Mann, Lea. Vater bleibt nicht mehr viel Zeit …«

… um Lea zu operieren.

»Ich weiß. Das hat Krebs so an sich.«

»Morgen Nachmittag? Himmel, das ist viel, viel zu spät. Papa kann das doch nicht einfach so für dich verschieben?«

… ihre Operation!

»Und wenn. Ich wollte den Mistkerl ohnehin nicht mehr sehen.«

Großer Gott, wie anmaßend hatte ich mich benommen? Nicht besser als ein durchschnittlicher Social-Media-Selbstdarsteller, der ohne Sachkenntnis bei jedem Thema ungefragt überall mitposten will.

»Ich weiß ganz genau, wer und was du bist. Du bist ein verwöhntes Mädchen, das sich solche Spielereien nur leisten kann, weil sie das Glück hatte, als Biodeutsche gut betucht und ohne rassistische Anfeindungen durchs Leben zu kommen. Ohne jemals echte Sorgen gehabt zu haben. Wenigstens bin ich mir meiner Privilegien bewusst …

Mein Verdienst kann es nur sein, die mir geschenkte Zeit sinnvoll zu nutzen.«

»Indem du mich anbrüllst?«

»Jedenfalls, indem ich mich nicht mit Drogen vollpumpe.«

… die sie zur Linderung ihrer Schmerzen gebraucht hatte!

Ich schämte mich, wie oft ich sie zurechtgewiesen hatte, ohne ihr auch nur einmal aufmerksam zugehört zu haben. Nicht einmal zu Beginn unserer Fahrt, wo sie mir mit deutlichen Worten erklärt hatte, weshalb mein Vorschlag, sich mit ihrem Vater zu versöhnen, die Einmischung eines ahnungslosen Einfaltspinsels war:

»Würdest du das jetzt auch sagen, wenn Paps jeden Sonntag Zigarren auf deinem Kinderrücken ausgedrückt hat, nur weil seine Fußballmannschaft verloren hat?«

»Großer Gott, das hat er getan?«

»Nein. Das ist nur ein Beispiel, um dir zu zeigen, dass man besser die Schnauze hält, wenn man nicht die gesamte Geschichte kennt.«

Die dröhnende Stimme von Leas Vater riss mich aus meinen Gedanken. »Wer oder was auch immer Sie sind, junger Mann«, sagte er und deutete mit dem Zeigefinger auf Lea. »Vielleicht schaffen Sie es ja, meine Tochter zur Vernunft zu bringen. Sie will sich morgen nicht von mir operieren lassen.«

»Weil ich meine letzten Tage nicht als Dauerpatientin in deiner Klinik verbringen will«, schrie Lea zurück. Dann, mit leiserer Stimme: »Du sagst doch selbst, dass ich auch mit OP nur noch maximal sechs Monate hätte.«

Ihr Vater nickte. »Richtig. Aber ohne hast du nicht einmal mehr sechs Tage.«

Ich bin mir sicher, er hätte die Tür zugedonnert, wenn der hydraulische Schließmechanismus dies nicht verhindert hätte.

Ich starrte auf die sich langsam hinter ihm schließende Tür und dachte an den Brief, den Lea erst am Tag ihrer Hochzeit zu öffnen gewagt hatte und in dem ganz sicher die schreckliche Diagnose gestanden hatte.

Langsam fand ich den Mut, mich umzudrehen. Mir liefen die Tränen – und auch Leas Augen waren feucht.

»Ach, Livius«, hörte ich sie flüstern, und dann, als ich zwei Schritte auf sie zugegangen und sie vom Bett aufgestanden war und wir unsere Hände zueinander ausstreckten und sich unsere Finger schon fast berührten, sah ich in die verlorensten Augen, mit denen ich jemals in einem Raum gewesen war, und hörte sie mit der traurigsten Stimme, die je zu mir gesprochen hatte, leise sagen: »Ich wollte doch, dass du mich anders in Erinnerung behältst, Beppo.«

43. Kapitel

Es waren nicht sechs Tage. Auch nicht sechs Monate. Die Beerdigung fand nach gut sechs Wochen statt, und sie hätte Lea gefallen.

Sie hatte in ihrem handschriftlich auf dem Deckel eines Versandhauskartons verfassten Testament verfügt, dass die Zeremonie in der Kirche St. Peter und Paul auf Nikolskoe, also in Berlin-Wannsee stattfinden sollte. (Der Karton war von einem Online-Erotik-Shop, weil sie natürlich sowohl den Notar als auch die ihm gegenübersitzende Verwandtschaft bei der Verlesung gehörig in Verlegenheit bringen wollte.)

Für Berlin hatte sie sich entschieden, um es ihrem Vater, der diese Stadt ja hasste, so schwer wie möglich zu machen. Und tatsächlich war der Stinkstiefel nicht erschienen. Das lag jedoch nicht an seiner gekränkten Eitelkeit, weil Lea die Operation ausgeschlagen hatte. Vielmehr war er heute Morgen auf dem Weg zum Auto, mit dem er nach Berlin fahren wollte, auf der vereisten Zufahrt vor seinem Haus gestürzt und hatte sich einen komplizierten Knöchelbruch zugezogen, der aktuell in seinem eigenen Krankenhaus operiert werden musste. Schade. Ich hätte zu gerne gesehen, in welchem Aufzug Friedbert von Armin erschienen wäre. Denn

Lea hatte natürlich eine Kleiderordnung verfügt. Allen, die ihr die letzte Ehre erweisen wollten, war schwarze Kleidung strengstens verboten. Stattdessen herrschte Kostümpflicht, passend zur Altweiberfastnacht, die sie sich als Datum für den Trauergottesdienst ausgesucht hatte. Weswegen zum allerersten Mal in der Geschichte dieser wunderschönen, majestätisch auf einem Hügel am Wannsee thronenden Kirche eine Ansammlung von Piraten, Einhörnern, Rapunzeln, Super-, Bat- und Feuerwehrmännern neben einer Eiskönigin, einem Olaf und zwei Harry Potter saßen.

Nachdem ich mit Lea und auch mit mir selbst in letzter Zeit immer wieder über den Stellenwert von Wahr- und Wahrhaftigkeit im Leben diskutiert hatte, hatte ich mich für ein Pinocchio-Kostüm entschieden, was sich bei den eng voreinanderstehenden Kirchenbänken als Fehler entpuppte. Meine Nase kitzelte entweder den Mafia-Paten (richtig, Luca) vor mir am Ohr oder stach der Marilyn Monroe (Tara) in den Nacken, je nachdem, in welche Richtung ich den Kopf drehte.

Der Einzige, der sich entrüstet der Kleiderordnung widersetzt hatte, war Pastor Berndruck, der mit sichtlicher Unlust eine vor Plattitüden strotzende Predigt hielt, immer wieder unterbrochen – nein, nicht von Orgelmusik und Gesängen, auch die waren testamentarisch verboten, sondern von einem Handyklingeln.

Leider war es nicht Schnappi, das kleine Krokodil (das saß in der vierten Reihe und hieß Madox), was da durch das Kirchenschiff bimmelte, wann immer der Pastor bedeutungsschwanger Luft holte und zu einem wichtigen Punkt zu kommen schien. Aber auch der Standardklingelton des Mobiltelefons reichte aus, um ihn zur Weißglut zu treiben.

»Wäre es dem Besitzer dieses Ungetüms wohl möglich, dafür Sorge zu tragen, dass diese Andacht nicht länger gestört wird?«, donnerte er, zugegeben sehr pastoral, von seinem Altar, neben dem ein Bild von Lea stand. Natürlich im Karnevalskostüm als Krankenschwester, wobei nur die Tatsache, dass es dort stand, dafür sprach, dass Lea darauf abgelichtet war, denn ihr Gesicht war nicht zu sehen. Allein ihr Körper, der schlafend auf dem Tresen einer Kölner Innenstadtkneipe lag.

Der Grund, weshalb Madox, Luca und ich uns über die Handystörung so diebisch freuten, war der, dass wir wussten, wem das Mobiltelefon gehörte, das sich immer zu den unpassendsten Momenten zu Gehör brachte. Zuletzt, als der Pastor Psalm 39 zitierte: »Ich hoffe auf dich. Höre mein Gebet, Herr, und vernimm mein Schreien, schweige nicht zu meinen Tränen!«

Klingelingeling!

Der Stein des Anstoßes gehörte allerdings keinem der Gäste, sondern dem Pastor selbst. Berndruck hatte es vor der Zeremonie offenbar unbewusst an einem Kirchenfenster abgelegt – ohne es auszuschalten, wie mir durchaus auffiel. Und da ich mit dem arroganten Kirchenmann schon während der Vorbereitungen aneinandergeraten war, hatte ich diese Gelegenheit zur Rache des kleinen Mannes genutzt und Berndrucks Nummer Leas Ex-Freunden weitergereicht. Gemeinsam riefen wir, wann immer es uns passend erschien, mit unterdrückter Rufnummer auf dem Pfarrer-Handy an, wobei wir es uns mit den Füßen unter den Bänken hin- und zurückkickten, damit das Klingeln stets aus einer anderen Richtung kam. Das taten wir so lange, bis Berndruck wutschäumend den Altar verließ und leichenblass erstarrte, als er sich selbst entlarvte, kaum dass ihm sein eigenes Telefon von mir mit der scheinheiligen Bemerkung in die Hand gedrückt worden war: »Keine Ahnung, wem das gehört.«

Dass diese Beerdigung trotz allem keine Trash-Veranstaltung wurde, lag an den Beiträgen der Gäste, prominent zu erwähnen die Gesangseinlage von Luca, dessen operngleich geschmettertes »Nessun dorma« allen Anwesenden die Tränen in die Augen trieb.

Gleich danach war ich an der Reihe, und ich hätte nach dieser fantastischen Puccini-Einlage einen schweren Stand gehabt, die Anwesenden zu beeindrucken, wäre ich nicht in der glücklichen Lage gewesen, dass nicht ich, sondern Lea sich an die Gäste wandte – mit einer vorab aufgezeichneten Rede, die ich über einen Bluetooth-Lautsprecher über mein Handy abspielte.

44. Kapitel

Ich weiß, ihr fragt euch, weshalb ich mich für eine kirchliche Zeremonie entschieden habe, wo ihr mich in meinem Leben vermutlich nicht als besonders gläubig wahrgenommen habt. Aber ich glaube an etwas. Und das solltet ihr auch. Denn anders ist es nicht möglich zu existieren. Ich meine, schließt doch mal bitte die Augen. Ja, bitte, macht es. Und jetzt denkt euch die Kirche weg, in der ihr sitzt. Ja, auch du, Tara. Ich weiß, das fällt dir schwer, nicht im Mittelpunkt zu stehen.«

Höfliches Kichern sorgte für etwas Entspannung unter den Gästen, die bei den ersten Klängen von Leas brüchiger, vom Krebs gezeichneter Stimme eine Gänsehaut bekommen hatten.

»Gut, die Kirche ist weg, ihr seid nicht da, ich bin es schon lange nicht mehr, und jetzt ist auch der Hügel weg, auf dem sie steht. Habt ihr das? Dann denkt euch als Nächstes die ganze Stadt Berlin fort, dann Deutschland. Jetzt Europa. Könnt ihr mir folgen?«

Ich hörte sie auf der Aufnahme in die Hände klatschen.

»Super. Ihr streicht jetzt die gesamte Erde aus dem Sonnensystem raus. Und jetzt unsere Galaxie. Stellt euch vor, dass es nicht nur Bielefeld, sondern das komplette Universum nicht mehr gibt. Keine Planeten, keine Monde, keine Fixsterne, nicht mal schwarze Löcher. Alles im Weltall ist verschwunden. Weg, finito. Was seht ihr jetzt vor euren hoffentlich noch immer geschlossenen Augen? Ich nehme an: einen leeren, dunklen, endlos großen Raum.«

Ich sah mich um und stellte fest, dass außer mir sich jeder an Leas Augen-zu-Befehl gehalten hatte. Bis auf den Pfarrer, der auf einem Stuhl neben dem Altar saß und verzweifelt herauszufinden versuchte, wer zum Teufel ihn achtmal mit unterdrückter Nummer angerufen hatte.

»Okay, kommen wir zum schwierigsten Teil«, sprach Lea weiter: »Denkt euch auch diesen leeren, dunklen, endlos großen Raum weg. Na los, macht es. Hört einmal auf die kleine, tote Lea und lasst diesen toten Raum schrumpfen, auf Stecknadelgröße, und die beamt ihr euch dann auch noch aus dem Verstand. Was bleibt übrig? Das Nichts, richtig. Und wie sieht das Nichts aus?«

Kollektives Kopfschütteln.

»Wie, das geht nicht? Das könnt ihr euch nicht vorstellen?«

Lea lachte. »Ha, ha, eben, darauf will ich hinaus, ihr Flitzpiepen. Das Nichts gibt es nicht. Nur das Etwas. Und deshalb müsst ihr an etwas glauben. Strengt euch an.«

Sie räusperte sich, machte eine kleine Pause, die ich nicht herausgeschnitten hatte, weil ich fand, dass die Zuhörer wissen sollten, wie viel Kraft Lea diese Aufnahme gekostet hatte.

»Ich habe übrigens lange überlegt, ob ich verbrannt oder in einem Sarg beerdigt werden will. Am Ende habe ich mich, wie ihr ja wisst, gegen das Feuer entschieden, weil ich mir eben nicht sicher bin, ob dieses Etwas, zu dem ich meinen vielleicht letzten Roadtrip antrete, nicht vielleicht doch von einem alten langhaarigen Mann oder einer noch älteren Frau geleitet wird, die mich mit großen Augen am Himmelstor empfängt und sagt: ›Kindchen, wo hast du denn deinen Körper gelassen? Wir treffen uns hier jeden Morgen um sieben zum Wolken-Yoga, und mittags ziehen wir unsere Runden im Infinity-Paradies-Pool. Ohne Knochen müssen wir dich leider zu den anderen Urnen an den Beckenrand stellen.‹«

Wieder musste die Mehrheit der Anwesenden befreit auflachen. Comic Relief. Funktioniert selbst auf Beerdigungen. Oder vielleicht gerade dort.

»Außerdem habe ich mich mit dem Energieerhaltungssatz beschäftigt«, schloss Lea ihre Post-mortem-Rede. »Zugegeben, die Vorstellung, als Wurmfutter zu enden, behagte mir lange Zeit nicht sonderlich, aber wenn das Leben ein Kreislauf ist und die mir innewohnende Power sinnvoll weitergegeben – ergo erhalten – werden kann, dann ist es doch besser, ich werde wieder zum Teil der Nahrungskette, der ich entsprungen bin, als dass meine Energie sinnlos durch den Schornstein raucht. So, und damit genug gelabert. Ich bin jetzt durch und hab Halsschmerzen.«

Sie räusperte sich erneut und verabschiedete sich mit den Worten: »Am Ausgang verteilt Madox übrigens die neueste *Truelife*-Ausgabe. Dank meinem Co-Autor Livius habe ich es geschafft, meinen letzten Artikel fertigzustellen. Na ja, fast. Zwei Dinge konnten wir nicht abarbeiten an unserem ersten letzten gemeinsamen Tag.«

Ja, Sie liegen richtig. Hier heulte auch ich wieder wie ein Schlosshund, und ich war damit nicht allein. Allerdings wäre Lea nicht Lea gewesen, wenn sie nach diesen rührenden Abschiedsworten nicht noch ein PS auf Lager gehabt hätte:

»Und ach, sorry, was ich glatt vergessen habe: Ihr hättet schon nach ›*zu den anderen Urnen an den Beckenrand stellen*‹ die Augen längst wieder öffnen können.«

NICHTS!
Berlin

45. Kapitel

Das Beste kommt zum Schluss.

Und das waren in diesem Fall nicht die Sargträger, die die schlichte, weiß lackierte Kiste zur letzten Ruhestätte trugen. Obwohl auch die Schlepper Lea gefallen hätten, wenigstens einer von ihnen, und zwar der hinten links. Zum einen wirkte er so schmächtig, dass ich damit rechnete, ihm jede Sekunde zur Hand gehen zu müssen, weil er sonst ohnmächtig in den Graben kippen würde, zum anderen flatulierte er bei jedem zehnten Schritt. Ehrlich. Tut mir leid, ich kann es nicht anders sagen. Ich weiß auch nicht, ob das zu seinem Standardrepertoire gehörte oder ob er heute ausnahmsweise zwei Liter Chili con Carne zu viel zum Frühstück getrunken hatte. Jedenfalls fiel sein Furzen nicht nur mir auf, sondern auch der Bestatterin, der ich (so wollte es Leas Testament ausdrücklich, welch eine Ehre) bei der Organisation des heutigen Tages geholfen hatte. Sie war so bestürzt und peinlich berührt, dass sie mir als eine Art Wiedergutmachung einen Nachlass auf die Sargkissen anbot. Wow.

Als wir nach gefühlt einem Kilometer Fußmarsch durch die klirrende Februarkälte vor dem ausgehobenen Grab standen (hier hatte ich dann doch meine Pinocchio-Kopfmaske abgenommen), erreichte die Zeremonie für alle, die noch nicht eingeweiht gewesen waren, ihren eigentlichen Höhepunkt: der Grabstein!

In schlichtem grauen Marmor gehalten, war er im wahrsten Sinne des Wortes ein Stein des Anstoßes. Nicht für mich oder Leas engste Freunde, wohl aber für die Friedhofsverwaltung, die sich anfangs heftig gewehrt hatte, das Ding überhaupt aufzustellen. Erst als wir in Aussicht stellten, Leas und mein Autorengehalt für den *Truelife*-Artikel zu spenden, wurde eine Ausnahmegenehmigung erteilt. Dabei stand auf dem Stein überhaupt nichts Schlimmes oder Anstößiges. Keine kopulierenden Engel, brennenden Kreuze oder anzüglichen Sprüche als Inschrift. Nicht einmal ein »Das musste ja mal so kommen«. Sondern nur eine Telefonnummer. *Leas* Telefonnummer:

0151-57309065

Wenn Sie die anrufen (was Sie wirklich tun können, na los, keine Scheu), dann hören Sie folgende Ansage:

»Hallo, Sie haben den Anschluss von Lea von Armin erreicht. Leider bin ich gerade irgendwo, wo ich vermutlich verdammt schwer zu erreichen bin. Sollte ich hier aber eine Möglichkeit finden, zurückzurufen, dann werde ich das so schnell wie möglich tun. Ehrenwort. Bis dahin können Sie mir eine Nachricht draufsprechen, allerdings kann ich nicht garantieren, sie zeitnah abzuhören. Und Sie sollten besser vorsichtig sein, was Sie mir

raufquatschen, denn jede Mailboxmessage wird sofort in einer Cloud gespeichert, und vielleicht wird das Material ja irgendwann mal veröffentlicht. Also: Don't drink and call!

Auf hoffentlich bald
Ihre Lea.«

46. Kapitel

Natürlich war ich traurig. Aber auch froh, dass es keinen »Leichenschmaus« gab (was für ein kannibalistisches Unwort), obwohl das nahe gelegene Wirtshaus Nikolskoe wirklich fantastische Jägerschnitzel machte.

Nachdem ich meine Handvoll Erde auf den Sarg geworfen hatte, war ich direkt zu meinem Kombi gelaufen (ja, exakt die grüne, typisch klobige Lehrerkarre, die Sie sich jetzt bildlich vorstellen) und konnte nicht verhindern, dass mir wieder die Tränen liefen, als ich die *Truelife*-Ausgabe vom Februar mit Leas Artikel auf dem Cover auf dem Beifahrersitz ablegte.

Der erste letzte Tag.

Was, wenn Sie einen Tag so leben würden,
als wäre es Ihr letzter?
Lea von Armin hat es für Sie getestet und
ihre Erfahrungen zusammengefasst.

Ich zog die Nase hoch, wischte mir die Tränen aus den Augen, startete den Motor und fuhr die sich langsam aus dem Wald schraubende Strecke zur Königsallee.

»So schlimm?«

Ich zuckte mit den Achseln und sah – wir waren kurz vor der Glienicker Brücke – in den Rückspiegel. »Nein, im Grunde war es schön. Ich glaube, es hätte dir gefallen.«

»Okay, erzähl mir alles bis ins kleinste Detail«, sagte Lea und kletterte nach vorne. »So, als ob ich selbst dabei gewesen wäre.«

47. Kapitel

Eigentlich war es ja zuerst *mein* Wunsch gewesen. Ich hätte an meinem letzten Tag gerne meiner eigenen Beerdigung beigewohnt und gesehen, wie alle auf meine verrückten Anweisungen reagierten. Aber in meinem Falle wäre es pietätlos gewesen, wenn ich, nur vierundzwanzig Stunden später buchstäblich von den Toten wiederauferstanden, meine Eltern angerufen und »April, April« gesungen hätte.

Bei Lea hingegen waren die Tage tatsächlich gezählt. Da half kein Schönreden und kein Wunsch- und Wunderdenken. Sie befand sich in dem, was die Ärzte eine »paradoxe Phase« nannten. Ein kurzfristiges Fehlen nahezu aller Symptome, eine leider sehr endliche Verschnaufpause, bevor es ihr sehr bald wieder schlechter gehen würde. Sehr viel schlechter.

Was also sprach dagegen, dass Lea ihre Abschiedsfeier vorgezogen hatte? Eine zweite würde es ebenso wenig geben wie eine Spontanheilung.

»Dein Vater war, wie du ja weißt, nicht da, der Pfarrer hat sich zum Horst gemacht, Luca hat so geweint, dass ich dachte, er würde niemals einen Ton treffen, aber dann rockte er die Kirche wie Pavarotti, ach, und du hattest einen Sargträger, der wegen seiner Blähungen dringend mal in Behandlung müsste«, gab ich ihr einen Schnelldurchlauf.

»Okay, was noch?«

»Du kannst dir alles selbst ansehen«, sagte ich. »Luca hat heimlich gefilmt.« Dafür hatte er die ganze Zeremonie über seine Sonnenbrillenkamera nicht abgesetzt. Und ja, er war eingeweiht gewesen.

Nachdem er schon sieben Monate nicht gewusst hatte, weshalb seine Frau direkt nach dem Jawort abgehauen war, hatte Lea es fair gefunden, ihn wenigstens diesmal nicht im Ungewissen zu lassen.

»Schön, okay. Ich schaue es mir nachher an und checke, ob es schon Anrufe auf meiner Grabmailbox gibt«, sagte sie. »Wie viele Kilometer noch?«

Ich setzte an der Kreuzung den Blinker nach links Richtung Autobahn und schaltete das Navi an.

»1841 Kilometer«, las ich ab.

Sechzehn Stunden und achtunddreißig Minuten, wenn wir in einem Stück bis nach Barcelona durchfuhren, um in der Nähe der Sagrada Família einen Kaffee zu trinken. Einfach so. Ohne Planung, ohne Hotelbuchung, ohne Koffer tat ich etwas, wovon ich all die Jahre bislang nur geträumt hatte. Einfach nur mit den Sachen, die wir am Leib trugen, was in meinem Fall leider ein filzbraunes Pinocchio-Kostüm war.

1841 Kilometer Fahrt.

Vielleicht schaffen wir es ja, dachte ich, wohl wissend, dass die bis auf die Knochen abgemagerte, zittrig atmende junge Frau, die sich mit dem Kopf an meine Schulter lehnte und seufzend die Augen schloss, für ihre Ärzte schon längst auf geborgter Zeit lebte.

Aber was wussten die schon?

Heute war ein weiterer letzter Tag.
Und er hatte gerade erst begonnen.

BARCELONA

Nachwort

Ich beginne das hier mal mit einer Warnung: Wenn »Der erste letzte Tag« das erste Buch ist, das Sie von mir gelesen haben, und es Ihnen gefallen hat, dann sollten Sie vielleicht nicht blind zu irgendeinem weiteren von mir greifen. Sonst könnte es passieren, dass Sie etwas verstört sind, wenn Sie sich – im Geiste auf ein weiteres romantisch-lustiges Roadmovie eingestellt – mit warmem Kakao auf Ihrem Sofa einkuscheln und dann die erste Seite von »Der Insasse« oder »Abgeschnitten« aufblättern. Obwohl das im Grunde auch Familiengeschichten sind. Nur gehen sie nicht ganz so ans Herz, außer vielleicht aus der Perspektive eines Serienkillers mit Skalpell.

Aufmerksamen Leserinnen und Lesern dürfte es womöglich schon an dem subtilen Hinweis auf dem Cover aufgefallen sein: »Der erste letzte Tag« ist anders als die Bücher, mit denen mein Name normalerweise in Verbindung gebracht wird. Und wenn Sie jetzt diese Zeilen hier lesen, ergo den Roman wirklich durchhaben (es sei denn, Sie zählen zu denen, die vorab schon ans Ende blättern), dann freue ich mich, dass Sie mit mir das Wagnis eingegangen sind und sich mit Lea und Livius auf ihre verrückte und lebensverändernde Reise eingelassen haben.

Als ich im letzten Jahr um einen Gastbeitrag zum Droemer-Knaur-Jubiläumsjahr gebeten wurde, hatte ich eigentlich an eine Kurzgeschichte gedacht. (Der Verlag wird sage und schreibe 175, was wohl dem gefühlten Alter von Livius am Ende seines Roadtrips mit Lea entspricht.) Da mir der Lockdown wie so vielen von uns mehrere Zwangspausen bescherte, dachte ich, dass mich die Ausarbeitung einer Short Story nicht vor große Zeitprobleme stellen würde. Beim Schreiben von »Der erste letzte Tag« allerdings wurden mir dann sehr schnell zwei Dinge klar:

1. Dass die Geschichte doch etwas länger werden würde.
2. Dass mir in einer Zeit, in der wir ohnehin alle in einem Real-Time-Thriller leben, der Sinn eher nach etwas stand, das einen hin und wieder auch mal zum Lachen bringt.

Das war keine bewusste Entscheidung, sondern die meines Unterbewusstseins. Normalerweise bezeichne ich das ja als meinen Co-Autor. Hier saß es aber buchstäblich auf dem Fahrersitz. Die Story lag mir offensichtlich auf der Seele, musste aus ihr raus, und ich schrieb mich regelrecht in einen Rausch. Dadurch entstand nach meinem vielleicht düstersten Werk »Der Heimweg« unmittelbar darauf das womöglich hellste. (Auch wenn es in »Der erste letzte Tag« fast permanent schneit!)

Als ich den ersten Entwurf beim Verlag abgab, rechnete ich fest damit, dass ich eine kurze Antwortmail von Lektorat und Verlegerin bekommen würde: »Ja, schön und gut, aber wo sind die Leichen?« Dass ich aber, im Gegenteil, von allen Probeleserinnen und -lesern sehr ausführliche, sehr emotionale und bewegend positive Rückmeldungen bekam, bestärkte mich in meinem Bauchgefühl, dass es – zumindest für mich – genau das richtige Buch zur richtigen Zeit ist.

Allen, die sich nach der Lektüre jedoch fragen: »Okay, aber wann kommt denn endlich wieder der Psychokram?«, sei zur Beruhigung mit auf den Weg gegeben: Ich arbeite schon daran.

Normalerweise enden meine Thriller mit einer telefonbuchlangen Danksagung, eben weil so viele für die Entstehung eines Buches verantwortlich sind. Seit jeher nutze ich die letzten Seiten auch, um nach einer albtraumhaften Achterbahnfahrt den »Wiedereinstieg« in das hoffentlich weniger Angst einflößende Leben etwas einfacher zu machen. Und das gelingt meistens über Humor. Nach »Der erste letzte Tag« ist das so nicht nötig, wobei es natürlich auch hier wahnsinnig viele Helferinnen und Helfer gibt, ohne die das Buch niemals entstanden wäre.

Damit Sie sich im wahrsten Sinne des Wortes ein Bild von denen machen können, hat mein guter Freund Jörn »Stolli« Stollmann (der auch für die Illustrationen im Buch verantwortlich ist) mal einige »Köpfe« gezeichnet.

Wir haben uns dabei, dem Gedanken des 175-Jahr-Jubiläums entsprechend, zunächst auf das Droemer-Knaur-Verlagsteam konzentriert. Als da wären:

Doris Janhsen –
Verlegerische Geschäftsführerin

Josef Röckl –
Kaufmännischer Geschäftsführer

Katharina Ilgen – Verlagsleiterin
Marketing und Kommunikation

Antje Buhl –
Verlagsleiterin Vertrieb

Steffen Haselbach –
Verlagsleiter Belletristik

Andy Ländle –
Verlagsleiter Digital

Ralf Reuther –
Justiziar

Monika Neudeck –
Pressereferentin Belletristik

Sibylle Dietzel –
Herstellerin

Ellen Heidenreich –
Einkäuferin / Herstellung

Daniela Meyer –
Coverproduktion

Nina Vogel –
Werbeleiterin

Carola Bambach –
Grafikerin

Regine Weisbrod –
freie Lektorin

Carolin Graehl –
Verlagslektorin

Zusätzlich zum Verlag ist es mir ein dringendes Bedürfnis, folgende Personen auch noch einmal visuell vorzustellen. Eine Buchveröffentlichung gleicht auf den letzten Metern stets einer Achterbahnfahrt. Nach dieser hier – aus Gründen, die ich nicht näher ausführen will (nein, dass ich den Abgabetermin etwas großzügig ausgelegt habe, ist nur ein böses Gerücht) – fühlten sich meine wichtigsten Teamplayer vermutlich auch wie nach einer 175-Jahr-Feier:

Manuela Raschke (stellvertretend für
das Raschke Entertainment-Team)

Roman Hocke (stellvertretend für
die gesamte AVA-International)

Sabrina Rabow (stellvertretend für Rabow-PR)

Und das hier … das ist Stolli.

Ich weiß, schwer zu erkennen, aber den hab ich gezeichnet!

Falls Sie ebenfalls von mir porträtiert werden wollen, dann schreiben Sie am besten einem Augenarzt Ihres Vertrauens. Für alle anderen Rückmeldungen stehe ich Ihnen gerne unter fitzek@sebastianfitzek.de zur Verfügung.

Kommen Sie gut durch diese verrückte Zeit, und lassen Sie uns die Daumen drücken, dass wir diese Phase, die momentan unser aller Leben bestimmt, sehr bald im Rückspiegel der Geschichte betrachten können.

Auf Wiederlesen
Ihr
Sebastian Fitzek

Berlin, am 17.02.2021
(also irgendwo im zweiten Lockdown)

PS: Auch wenn es hier an letzter Stelle steht: Ich danke Ihnen, den Leserinnen und Lesern, natürlich am meisten. Aber nicht weitersagen, die oben Genannten sind kleine Diven und reagieren manchmal etwas allergisch.